动漫艺术基础教程

动画短片剧本写作

张 然 任伟峰 编著

苏州大学出版社

图书在版编目(CIP)数据

动画短片剧本写作/张然，任伟峰编著. 苏州：苏州大学出版社，2013.11
动漫艺术基础教程
ISBN 978-7-5672-0710-3

Ⅰ.①动… Ⅱ.①张… ②任… Ⅲ.①动画片－电影剧本－创作方法－教材 Ⅳ.①I053.5

中国版本图书馆 CIP 数据核字(2013)第 267854 号

动画短片剧本写作
张 然 任伟峰 编著
责任编辑 方 圆

苏州大学出版社出版发行
(地址：苏州市十梓街 1 号 邮编：215006)
苏州深广印刷有限公司印装
(地址：苏州高新区浒关工业园青花路 6 号 2 号厂房 邮编：215151)

开本 889 mm×1 194 mm 1/16 印张 6.5 字数 151 千
2013 年 11 月第 1 版 2013 年 11 月第 1 次印刷
ISBN 978-7-5672-0710-3 定价：35.00 元

出版者的话

苏州大学出版社多年来致力于动漫艺术类教材的出版，陆续出版了动漫类基础教材，经过多次修订重印，在市场上产生了较好的影响。

在此期间，动漫艺术教学发生了很大变化，具体表现在教学理念、教学内容、教学方法等方面，因此，作为动漫类基础教材，也应与时俱进，符合时代要求。为此，我们重新组织编写出版这套“动漫艺术基础教程”丛书。

该套新编教材的编写者大多为高校一线中青年骨干教师，既有丰富的教学经验，又具有创新意识；作品来源广泛，具有代表性和时代感；在结构和体例上更贴近教学实际。

我们希望“动漫艺术基础教程”这套丛书能为动漫艺术基础教学做出贡献。

目 录

绪 论

虽然从本质上讲，动画中的影院长片与独立短片的叙事原则是一致的，但是在创作中，两者的确有着显著差别。这里的差别主要体现在对故事的提炼上。独立短片的叙事目的与影院动画完全相同，它既要体现出故事的叙事目的和叙事风格，又要对观者的思想和情绪进行猛烈洗礼，这洗礼的严肃和认真程度与坐在电影院中观看一部完整的长篇动画作品是完全一样的。因此，要把一个情节复杂、细节丰富、风格浓郁的故事进行揉捏、挤压，并重新塑型到只有几分钟的长度是十分困难的。那么，如何精简和浓缩，如何重新构建短小却强烈的节奏，如何在减少故事支脉的情况下保持故事的丰富，如何在删减故事细节的前提下细腻地铺陈故事，这些都是本书需要解决的问题。

动画短片是很容易吸引观者眼球的，因为与真人短片相比，这种独特的艺术表现手段赋予了它们非凡的创造力和想象力。这是一个机遇和挑战并存的国度——各种图形、绘画，甚至摄影、雕塑的造型技巧，结合充满想象和激情的叙事手段，构筑了这样一个"一切皆有可能"的王国，在这个国度中，艺术家可以更加无羁地驰骋，更完整、更犀利、更极致地表达自己内心的欲望。

一部好的动画短片是怎么完成的呢？

为了获得灵感，制作者会在确立一个叙事目的之后，不断设想多种可供选择的表达方式。其中最重要的方法是搜罗尽量多的各种不同的故事类型、风格及已有的创作素材，然后进行仔细权衡并选择与创作灵感最贴切、表现力最强的方式进行创作。最终的故事既可以是叙事性的，也可以是非叙事性的（诗意）；既可以是画面与时间构成的四维叙事空间，也可以单纯表现美术风格、独特动画风格，甚至是不同风格、流派和类型的特立独行混合体。总之，其中蕴含无限可能。

虽然优秀的故事、构图、角色、动作、场景这些大大小小的视觉元素是成就一部成功动画作品的前提，但是谁也不能仅仅拘泥于此，深陷这个泥潭的最终结果就是创造力的苍白。从根本上来说，富有创造力的视听结合是表达创作激情的最好方式。

动画片首先是作为电影而存在的。电影中存在五个维度，其中线条、色彩和影调构成一个二维画面，画面和运动可以构成一个纵深的三维空间，时间的介入构成了第四维度，而叙事则成为了第五维度。正是叙事这个第五维度联结并规范了其他的四个维度，并整合为一个有机体。在一个成功的动画作品中，这样的有机体完全可以触动观众的神经，并且产生从肉体至精神、从原始情感到艺术精神的共鸣。

那么对于一个初出茅庐的动画片制作者来说，应该怎样开始自己的第一步呢？一般来说，他们已经拥有了相关专业知识，并且吸收和借鉴了许多优秀的作品，具有了一定的审美趣味和创作能力，结合技术、工具，特别是自己的创作激情和创作欲望，他们整装待发，即将踏上征程。在这里有两个出发前的注意事项需要关照：首先，一部好的动画电影总是在不断的对比和意外中进行创作的。例如，一个常规的故事加上非常规的角色或者某种场景；抑或是非常规的故事配上常规的角色。当然也可能是由一句妙语而构成的常规故事，或者是一个非常规非线性的故事却富含我们十分熟悉的元素。说到底，就是要创造一个具有独特个性和丰富动感的作品。有些故事会逐渐展开并呈现出更多更丰富的细节，这好比是一个调色板，在原有叙事元素的基础上，不断嫁接、融合而形成更多的叙事细节，这些调色板上的崭新细节精确地描绘出了故事的发展，并能够成功推进、展现情节和人性转换。其次，运动是动画作品的核心力量，它是动画电影得以立足和极富魅力的源泉。有的时候仅仅是超越了观众的想象，就能够被称为“不错的作品”。

对于二维动画来说，不仅有珍藏百年的艺术精品可以作为参考，更有客观世界的千姿百态可以描摹，这些都可以作为创作的素材来使用。精心整合这些多元素材，同时权衡这些素材之间的异同和对比关系，才能将不同的线条、色块融合为一个独立和谐的视觉画面。制作者不但可以利用这些参考资料构建影片中的视觉内容，还可以利用这些资料创作草图和创意概念稿。这种可视化的概念开发阶段是十分关键的。无论影片的大小、长度如何，都需要这样一个将叙事与视觉元素高度融合的发展性过程。各种设计元素可以辅助制作者，创作出可以体现影片最终效果的故事。场景及环境设定，不管是粗略的线条还是精致的绘画，都展现了故事发展的地点和环境。色彩和光影设计决定了影片行进过程中流动的视觉节奏。角色设计和转面图确立了角色造型以及各角色之间的视觉关系。动画短片被有争议地认为要简单于影院动画长片，理由就是它短小。但是笔者认为，虽然它的制作成本的确因为短小而低廉，但是就叙事和各种设定环节而言，相比较动画长片，它往往受到更多的关注和揣摩，因为在这样短小的作品中，要想表达与长片相一致的叙事目的，叙事、造型、构图、动作和场景等元素都要承载更多的效率和压力。观众在观看动画短片时会有进行近距离交流的渴望，并且往往持有着极高的期待。

在过去的二十多年中，三维技术为动画艺术开拓了一个崭新的领域，这是其他媒介不曾拥有的。无论你是通过手绘方式创作一个二维作品，还是在计算机中创作 Flash 二维动画，或者是用计算机创作一个三维的计算机图形图像动画作品，在三维技术下，毋庸置疑的是，它改变了动画的制作方式和视觉化实现方式。现在观众更习惯于选择极具立体感和空间感的三维，而不再仅仅满足于平面化的夸张和变形。尽管迪斯尼公司在20世纪50年代之后的多层平面摄影系统实现了利用视觉元素和层拍摄的真实景深，然而这种前后重叠和部分隐藏的技巧仅仅为观众提供了“镜框式的”体验。在这样一个类似舞台化的环境中，角色表演往往侧重展现出从左至右或从右至左的水平移动。在三维动画中，为了让形体具有更逼真的重力和维度，摄影机能够对角色及其环境进行更自由、更深入的变化和运动表现。

第四维度是真正的电影维度，是时间维度。除了电影外，没有其他媒介具有这一特性。从早期的旋转西洋镜到今天的高帧率数字投影机，时间元素始终存在，并作为标志性烙印将电影与其他艺术门类区别开来。编辑器是电影制作过程中的主要工具，将原始的镜头元素和场景进行连接，从而形成节奏、速度和叙事的连贯性。事实上，将画面进行不同方式的并列，如同格里菲斯和爱森斯坦所发现的那样，是电影艺术的最高表现形式。随着图像的并列和时间的延续，创造出或快乐、或悲伤、或悬疑、或恐惧的情感。再加上音效，包括音乐和声效，可以进一步拓展这种时间维度，让时间被主观感受得更长或者更短，也可以用来强调某个画面细节，甚至用来增加画面流畅感。

第五维度是叙事内容，也就是电影说了什么和怎样展开，这是整合其他四个维度的核心力量，也是赋予其他四个维度以生命力的源泉。如果没有引人入胜的视觉效果与戏剧化的叙事相结合，那么所有的画面元素都将是静态的、苍白的，无论是二维还是三维，如果没有丰富而逻辑的叙事作为支撑，时间的存在只会让观众感觉到厌烦和无聊。

无论是一首短诗还是一个仅有文字铺陈的叙述，其中的开端、过程和结尾都是每一个电影必不可少的结构内容。

关键性画面和镜头运动确立了影片的基调和特性。一个漂亮的开放式镜头、可圈可点的光照、美妙的主旋律……这些将给观众提供一个得以沉浸享受的世界。要记住制作者始终是在与观众交流。因为你要触动他们，通过视觉语言、风格选择、文化参照以及其他创作元素，让观众理解你的表达并与你产生共鸣。所以，从作品的第一帧开始，我们的观众就需要知道自己在哪里，发生了什么，正在进行着什么。从这里开始，制作者需要始终把握住叙事目的这个关键点，之后发生的一切都要服从并服务于这个目的。在制作前期阶段选择表现元素，在后期剪辑阶段选择镜头的过程都是十分艰难的，它会极度挑战你的内心。不断问你自己，通过这个电影你究竟想说什么。牢牢记住你要说的，然后打开这本教材，敢于尝试，敢于失败，敢于创造吧！

第一章

“故事”的概念

对于我们来说，故事就像呼吸一样自然且必不可少。我们每个人都有故事，但是讲述我们自己每天经历的故事和凭空构建一个故事两者截然不同。一般情况下，我们只是对有限的一个人或者几个人讲述自己经历的故事。但当我们构建一个故事的时候，我们要做的是与无数读者和观众进行交流和沟通。对于个体化的故事讲述，听众对于讲述者来说都是具有一定心理地位的，讲述者希望听众能够有效地理解故事的来龙去脉并与讲述者实现某种感情交流，而听众也很容易被这样私人化的经历感动和感染。但是，当我们为一个公众作品构建故事时，我们面对的就不是某一个特定对象，而是广大的观众群体。这个特性决定了针对公众作品的故事本身需要具有一种人类普遍存在的人性关照。

在我们确立故事创意点、角色性格进而构建故事之前，我们需要理解“故事”的概念和相关定义，以及这些概念和定义如何能够成为动画短片剧本写作的基础。

本章主要介绍与“故事”相关的基础理论，包括什么是故事、为什么所有的故事和角色都如此雷同、为什么冲突和主题如此类似、故事的源起以及影院动画长片与动画短片的区别。

第一节 ⊙ 故事及故事的构成

电影剧本作家卡尔·伊格雷西亚斯曾经非常简单明了地定义过“故事”的概念：一个故事就是有人想得到某样东西并且遇到了麻烦[①]。

① Karl Iglesias. *Writing for Emotional Impact*. Livermore, CA: WingSpan Press, 2005.

这个定义包含了三个最基础的元素：角色、角色的行为目的和矛盾冲突。如果没有这些元素，故事就无法成立。所谓角色，就是故事所涉及的人物，或是故事通过什么人物来讲述；角色的行为目的就是角色所追求的物质或精神方面的需求，例如爱情、财富、名誉或者社会认同等；矛盾冲突是完成戏剧叙事的核心动力，是角色在追求目标过程中的障碍和冲突。矛盾有三种：角色与角色之间的矛盾、角色与环境之间的矛盾、角色与角色自我之间的矛盾（角色行为与角色心理的矛盾）。矛盾可以引发出问题、障碍、困境或者置角色于某种危机和危险中，这些矛盾可以同时附加在角色的肉体、精神和意识上。除了以上三个基本元素之外，一个完整的故事还应该包括故事主题、地点、小高潮、悬念、需求、情感转变（或者性格转变）和结尾。

主题是角色和观众通过这个故事共同分享的故事内在意义，或者说是这个动画作品最终用以与观众进行思维交换的潜在概念或是一种观念。它是故事情节之中更深层次的内涵。例如，人类战胜自然、高科技与人类的争斗、爱情征服一切等。

地点是指故事发生的具体环境。在叙事中，随着场景的不断变换，不同的时空及环境氛围配合或推动着整个故事的发展。

小高潮往往跟意外有点关联。几乎在每一个故事中都会存在一些突发的意外来打破角色的平凡生活，从而赋予他们一定的戏剧性。而这样的意外也往往意味着拉开了故事的序幕。

悬念是小高潮之后留给观众的疑问，这一疑问会激起观众主动理解故事的欲望。一般来说，故事结尾时会针对疑问给予解答，当然也可能根本就没有答案。

需求是为了让故事呈现得更加真实、可信，为角色的行为提供合理和逻辑的理由。因为这个理由，角色需要进行各种技能学习、经验积累和社会积淀等。

情感转变（或是性格转变）是角色在故事叙事过程中内心心理状态的改变，自我认知或者认知失败，从而完成自我转化或者步上穷途末路的过程。

结尾部分往往会向观众解释所有的疑问并给观众提供一个情感释放的窗口。无论是悲剧还是喜剧，这种情感释放都是一种叙事结果的情感升华。这样的释放需要依靠问题的解决（或者无法解决的原因）来完成，即回答了故事悬念设置后一直萦绕在观众内心深处的问题。所以结尾的另一个功能就是完成故事与观众的话题交流。

第二节 ⊙ 最普遍的故事类型

大家很容易发现，我们所听到的各种丰富多样的故事总是由那几个最熟悉的元素组成的，只是组合的方式有所差异罢了。或者说，当我们把很多复杂的故事剖解和简化之后会发现，这些故事都非常相近，让人有似曾相识之感。19 世纪以来，已经有很多的作家和理论家在文献资料中记录了关于各种族、各文化和各人类历史时期中出现的故事结构及故事内容的相似性问题①。有些学者认为，这种相似性的存在是因为人类需要解答的自然现象和情感困惑是永恒话题。这也许是这些故事主题相似的原因，但并不能解释故事内容和情节的相似性问题。

在 2300 年前，亚里士多德就定义过故事的

① Christopher Booker. *The Seven Basic Plots*. New York:Continuum International Publishing Group, 2004, pp. 8–10.

三幕式结构，他认为所有的故事都遵循这样的结构而存在。他把这种结构称为情节结构。情节结构并不只是故事中各个事件的排列和铺陈，更是让观众的情感跟随故事而感动的推动力。通常情况下，在第一幕中就必须建立观众对角色的同情和怜惜之情，以确保观众会关切关于他们的一切并执着于角色的追求。第二幕中，灾难、困苦和挑战接踵而至，极尽所能为角色营造一个危机四伏、四面楚歌的紧张环境，体现角色的意志力和个人能力。在第三幕，即最后一幕，危机解除，情感宣泄，故事结束。

20世纪，一个叫约瑟·坎贝尔的研究神话学的美国教授，他同时也是一位作家和演说家，开始思考这种跨越外在感官经验而存在的故事叙事的相似性问题。坎贝尔主要从事比较神学和比较宗教学的故事研究。他发现了一种存在于人类任何种族、任何历史时期的故事类型，这类故事都具有极为相似的形象和角色。至今这类故事仍然在不断被人类重复着，他称这类故事为“英雄之旅”——一个属于全人类的故事。

“英雄之旅”，顾名思义，讲述的是英雄的经历和事迹。坎贝尔的理论分很多阶段，可以简单归纳为以下九个方面[①]。一、介绍英雄人物。整个故事是通过英雄这个角色来表现的，他们必须是在这个平凡世界中与我们一起生活的人。二、在英雄身上需要存在一些无伤大雅的小缺陷。缺陷会让英雄看起来更真实，就像观众的老朋友，甚至就是观众自己。然后观众才能跟随角色真正投入到对胜利的追逐之中，感受压力、挫折和骄傲。三、意外事件。英雄平静而平常的生活被这些意外打破，于是卷入到矛盾的核心位置中。四、被赋予的冒险经历。所有的英雄都需要成功地达成一个目标，也许是营救一位公主，或是帮什么人夺回应属于他们的东西，甚至仅仅是展现他们宽大的人性力量救人于水火。通常这些英雄并非主动冒险，他们往往是在长者、朋友的鼓励下才接受冒险任务的。五、寻找目标。英雄离开自己的世界而开始追求他的目标。他会面对重重考验、诱惑、敌意和挑战，直至最后他赢得胜利。六、回报。最终英雄得到了自己应有的回报。七、危机。出了严重状况，英雄处在他最困境的时刻。八、终极决斗。英雄必须面对与敌人之间最大也是最后一个挑战，也往往是生与死的挑战。他需要用尽毕生所学来获取胜利。九、达成目标。电影往往是喜剧结尾。英雄赢得胜利，众人喝彩。

迪斯尼的电影素来是以吸引家庭观众为目标的，让全家老少坐在黑暗的影院中分享英雄的故事。迪斯尼满足了每个家庭成员获得成就感的渴望，尤其是在众人喝彩中的个人胜利。在迪斯尼电影中，英雄与反派角色的斗争是鲜明和高调的。几乎所有的迪斯尼动画电影都是学习“英雄之旅”故事类型的极佳范例。

而另一方面，早期的皮克斯动画[②]虽然采用了“英雄之旅”中的几乎全部元素，却唯独抛弃了“英雄”。这是一个很有意思的探索。如果我们仅仅从故事来定义英雄，那么在皮克斯动画中，很难找到这样的英雄。但事实上，皮克斯里的英雄就是胜利者，并且胜利者最终也赢得了喝彩和赞美。

在皮克斯动画中，从《虫虫危机》(*A Bug's Life*, 1999)开始，英雄的概念就好比是接力赛中的接力

① Christopher Vogler. *The Writer's Journey*. Studio City, CA: Michael Wiese Productions, 2007, p.16.

② 2006年1月23日，美国第二大媒体巨头迪斯尼公司董事会授权CEO罗伯特·伊格以每股59美元、总出价74亿美元的赠股方式收购皮克斯动画公司，此举花费了迪斯尼13%的股票，而皮克斯的老板史蒂夫·乔布斯也因此拥有迪斯尼6.05%的股票，成为迪斯尼最大的个人股东，皮克斯也正式成为迪斯尼公司的一部分。

棒，从一个角色到另一个角色[1]。例如，在《海底总动员》(*Finding Nemo*，2003，图1-1)中，马林(Marlin)需要找到小尼莫(Nemo)，但是他失败了，独自回到家中。是多莉(Dory)帮助马林和小尼莫父子团聚。不同的英雄出现在不同的时间，现在是吉尔(Gill)，之后是多莉。每个角色都有其特定的使命，根据安迪·沃霍尔《短暂的出名》真实电影理论，每一个小角色都能在各自的故事中成为英雄。这根接力棒，伴随着故事原型，成就了皮克斯电影既熟悉又独特的特点。乃至《超人总动员》(*The Incredibles*，2005，图1-2)中的英雄角色也是频频在各个人物中传递。

宫崎骏也是经典情节的追捧者，然而，在他的大多数故事中，正邪人物没有清晰的界限。对宫崎骏来说，邪恶，如果称之为邪恶的话，那是自我的膨胀。在他的故事中，冲突往往是内在的。成功来自于东山再起。通过角色自我转变，社会再度和谐。

图 1-1

图 1-2

② Ed Hooks. *Newsletter*, Acting Notes, CA.

第三节 ⊙
角色原型

在任何一部电影的故事中，一定会有角色反复出现。这些角色都来自于某种角色原型。所谓原型就是在众多副本中包含的作为原始模型而存在的具有普遍意义的想法和图像。也就是说，存在一个角色的原始模型，我们可以在这个模型之上添加多样化的外形和装饰。例如，英雄是超级英雄的原始模型；怪物是史莱克的原始模型；女孩是花木兰的原始模型；猛犸象是曼弗雷德(《冰河世纪》，*Ice Age*，2002，图1-3)的原始模型，等等。

图 1-3

首先提出原型概念的是一位 20 世纪的心理分析学家卡尔·荣格，他研究梦境和潜意识。荣格发现在他的患者梦境中会经常反复出现相同的图像或者主题，因此他考虑这些图像和主题不会完全与偶发的个体经验有关。他相信这些图像源自他们潜意识中对周遭所有人物的感觉集合，他把这样的图像称为原型。

荣格的原型理论将一个人类个体（灵魂）分为四个心理部分：自我、阴影（邪念）、男性和女性。他们并不能代表个体本身，却作为一般属性存在于每一个个体之中。在荣格的世界里，这些基础原型会让人们以不同的形态展现出来。例如，一个个体灵魂中的女性部分可能是个伟大的母亲；灵魂中的男性部分可能是个长不大的孩子；而自我部分却可能是个英雄，或是睿智老者，抑或是一个罪恶的骗子，等等。每个个体看待自己的方式都不同，这些都成为了荣格的患者讲述自己故事的基础。

在影院动画作品的故事中，我们常常能找到相同或相似的角色。这种相似性就是从我们曾经观看过的众多电影作品中提炼出来的角色原型。克里斯·沃格勒在他的《作家之旅》中定义了七种电影中经常出现的角色原型。一是英雄，他往往是故事叙述的主要人物。二是导师，作为英雄的同盟者，他不断为英雄提供帮助。三是报信者，这类角色往往传达重要的故事信息，预示着即将开始的冒险之旅。报信者可以是固定的某个角色，也可以由不同角色轮流承担。四是反面角色，邪恶的人或者黑暗势力。在宫崎骏的动画中，很多时候黑暗势力就存在于同一个个体之中。五是临界点或者守护者，可以是一个角色，也可以是一种特殊通道。这个临界点是英雄继续追逐目标的必经之路。在《怪物史莱克》(*Shrek*，2001)里，守护着菲奥娜(Fiona)的龙(图1-4)就是临界点的守护者。六是骗子，这类角色往往在故事中插科打诨，起到放松和调节气氛的作用。同时他们可能会对英雄进行错误引导，使英雄远离自己的奋斗目标，从而制造障碍。七是善变的人，这类角色本质上往往不是表现出来的样子，或者他们是怀有某种目的的故意伪装。[1]

① Christopher Vogler. *The Writer's Journey*. Studio City, CA: Michael Wiese Productions, 2007.

图 1-4

突。由此我们可以对一些最熟悉的故事类型进行分类[①]：

头脑发达与四肢发达的较量：发生在智慧与野蛮之间的斗争。

白手起家：有关个人奋斗的励志故事。

善良与邪恶的较量：双方势均力敌的战斗。

挑战人类极限的勇气和生存能力：这样的矛盾冲突往往是在人类与残酷的自然环境之间进行的。也许是天灾，也许是疾病，但是最终勇气和智慧可以帮助人类渡过难关，赢得生存的权利。

旁观他人生存状态：这类故事是让观众通过某个角色来观察和感受“他人”的生活状态。

维护正义的助人为乐：这类故事是颂扬那些乐于保护弱者（受压迫群体）并坚守正义的人，让观众感觉大快人心。

挑战命运：英雄为了一些更美好的东西与现有法则发生矛盾，例如法律、信仰和自然，在拼搏中实现自我。

生活大冒险：角色被置换到不同的时间或环境中去，自己谋求生存。

同舟共济：性格迥异的人必须在一起进行的游历和冒险。

友谊故事：角色间克服了极大的性格及喜好差异，而最终成为密友。

爱情故事：关于浪漫的故事，在一系列的考验之下，或是终成眷属，或是劳燕分飞。

英雄之旅：在这些故事中，英雄为了某样东西（某个人）历尽艰险或穿越时空最终获得成功，

需要强调的是，原型并不是固定模式，两者有区别。固定模式是对某个特定群体的简单化和一般化。例如，老人都有白头发，动作迟缓，掉牙等。或者说，原型是一种角色属性，它可以通过任何人（或者动物、角色）的外在形体而展现出来，所展现出来的特征可以成为观众进行个体识别的依据。例如，在《铁巨人》中，巨人是一个需要接受教育的孩子。在《冰河世纪》中，曼弗雷德变成了一个伟大的母亲——既是印度小孩的母亲，也是整个团队的母亲。

第四节 ◉ 最普遍的矛盾冲突

矛盾冲突是角色在追逐目标过程中遇到的各种状况或是问题。人类在生存过程中会遇到无数困难和麻烦，因此在故事中的矛盾冲突也是无穷无尽的。这种困境将角色置于危险境地，为故事营造紧张气氛。同时我们也发现，很多故事都会不断重复矛盾冲突产生的动机。事实上，由这种动机所产生的矛盾就可以视为一种冲

① John Douglas & Glenn P. Harnden. *The Art of Technique: An Aesthetic Approach to Film and Video Production*. Needham, MA: A Simon & Schuster Company, 1996, pp.16–20.

并在这个过程中改变了自己。

一般在故事片中只会有一个矛盾主题被用以设置为故事的主要矛盾。一些次级矛盾被设置为次要或者附加情节。在初学者中，最容易出现的问题就是没有理清故事的核心问题，也就是没有找准故事的核心矛盾，其结果就是冗长繁杂而不知所云。

第五节 ⊙
最普遍的主题

每个故事都有自己特定的意义和价值，而不仅仅是几个事件的串联。故事与读者探讨的往往是超越故事内容本身的东西。而故事中的这种特定意义或者主要观念就是我们所说的故事主题。

主题的设置往往是基于人类的生存需求来展开的。这种需求可分为三类：生理需求、精神需求及心灵需求。围绕以上三点，我们可以得到更为详尽的七个具体需求：食物、庇护、安全、被接受、刺激、爱和秩序。可以说，就是以上有限的几个词构筑了几乎所有的故事主题。在故事类电影中，一个主题支撑一部电影，同时存在多重副主题来串联各种场景和角色。

为了更好地理解主题与副主题之间的关系，我们来分析一些不同国别、不同工作室的影院动画长片实例：华纳公司《铁巨人》(*The Iron Giant*, 1999)、迪斯尼《花木兰》(*Mulan*, 1998)、梦工厂《怪物史莱克》、蓝天工作室《冰河世纪》、法国导演西维亚·乔迈的《美丽城三重奏》(又称《疯狂约会美丽都》, *The Triplets of Belleville*, 2003)、皮克斯公司《超人总动员》(*The Incredibles*, 2004)、宫崎骏导演的《霍尔的移动城堡》(*Howl's Moving Castle*, 2004)。

有的时候，只要我们愿意，大家可以很轻松地从电影中看到影片的主题。例如，在《铁巨人》(图1-5)中，影片的主题是"你是谁，你自己决定"。这句话在片中被角色不断重复和提及，观众可以很明确地接收到这个主题信息；在《花木兰》(图1-6)的结尾，皇帝对木兰说："早就听说你了，你偷了你父亲的盔甲，擅自离家，假扮军人，欺骗将军，给我们民族将士抹了黑，还毁掉了我的宫殿！……但是，

图 1-5

图 1-6

也正是你拯救了这个国家！”当木兰回家，皇帝对李将军说：“在逆境中绽放的花朵是最娇艳的。”这些语言都直白地揭露了主题：被接受、爱和秩序。然而，有些电影的主题就不那么明显了，观众需要认真思考电影究竟想说什么。如果我们能够沉静下来去探究主角真正追求的东西，或者是他们在追求过程中需要学习的东西，我们才会领略到其中的含义。事实上，电影的目的并不是让观众在离开影院时能立即道出影片的主题，而是在潜意识中通过推动观众的情绪而帮助观众获得对故事主题的共鸣。“我喜欢这个故事，还想再看几遍。”这才是观众在离开电影院时应该有的感受。现在我们来看一些需要时间来玩味的故事主题，如《美丽城三重奏》(图 1-7)，从表面上看，这是一个再世俗不过的故事：爱可以战胜一切(甚至是法国黑手党)。但是这样的理解未免太过简单，事实上，这是一部较为复杂的影片，它探讨了家庭教育

图 1-7

问题、世界体育竞技问题、世界艺术发展问题以及社会阶级问题，等等。不同文化教育背景及年龄层次的观众都可以从中寻找到理解的契合点和情感的共鸣点。应该说，这样的作品无论从艺术性还是商业性角度看都是非常出色的。此外，在《冰河世纪》中，由不同种类动物形成的大家庭，力量集结、缺点并存，他们的付出与合作决定了自己是生存还是灭亡，仔细回味会发现故事想要阐明“团结就是力量”这一主题；同样，在《超人总动员》(图1-8)中，故事核心主题也是“团结就是力量”。超人先生无法孤立工作，我们都是优势与弱点并存的人。超人先生必须认识到，要成为一个成功的超人英雄，他必须得到其他人的帮助。在《霍尔的移动城堡》中，“团结就是力量”再次被含蓄地展现……

图 1-8

第六节 ◉ 故事原型

既然我们都能清晰地罗列出各种故事主题、矛盾、结构以及角色类型，那么为什么每一个故事看上去还会与众不同呢？

依照罗伯特·麦基(Robert McKee)的理解，故事的呈现与形式有关，而与公式无关。用一个超级棒的故事架构来讲述一个超级糟糕的故事是完全可能的。当主题、矛盾、架构和故事原型都类似的时候，那所谓独特的东西才更具吸引力。这个所谓独特的东西有效地驱动着事件的发展，而其中每一个角色必须对事件的发生产生不同的反应。只有观察他人应对问题的方式跟自己究竟有多么的不同，就像每一位观众看电影一样，才能激发观众的观看兴趣并从中获得共鸣和启迪。

另一个使得故事看上去与众不同的关键是角色的欲望。在主题部分，我们讨论了角色的基本需求。一般来说，我们所向往的和渴望的东西并不是生存所必需的。所以，故事中的矛盾可以存在于欲望与需求之间。欲望一般是不切实际的，它是由贪婪、自豪、自尊、野心、畏惧、懒惰、冷漠等集结成的复杂混合体。角色若要获得人生的成功，就需要克服这些不切实际的欲望而明了自己真正最需要的东西。例如，史莱克觉得自己渴望一个独立的空间，而他最终认识到他每时每刻都需要别人。

总之，要想让一个故事具有吸引力或者拥有特别之处，就必须要让观众与角色有情感交流，可以使用替代心理来感受角色处境，可以是窥探个人隐私的欲望，也可以是观察角色处理矛盾的行为方式，从而产生共鸣或思考。

第七节 ◉
影院动画长片与动画短片的差异

除了时间长度、涉及的内容广度、复杂度、预算以及人力资源等明显差异之外，动画短片需要更直接、明晰、朴素的情节以及更为简洁精巧的结构及情节设计。

大多数初学者在创作动画短片的开始时想法总是很庞大的。不仅内容复杂，往往还涉及数量可观的角色和众多场景。原因很简单，因为我们所采用的大部分参考都来源于像“英雄之旅”这样的影院动画长片。

在影院动画长片“英雄之旅”中，主角往往会在不同地方遇到各种矛盾。直到他们遇到了最终危机（心灵或生理上的），人生给他们上了一课（这里揭露了故事主题与含义），他们做出了决定（这促发了更多的角色行为），最后他们成功了（往往与很多其他角色一起庆祝胜利）。那么，对于动画短片来说究竟需要多少角色、冲突、主题、地点和道具？对于独立制作人而言，动画短片一般只有一个主题或者中心思想，在矛盾冲突不断激化或者恶化的过程中呈现出整个作品。一般涉及一两个角色，一两个地点，只会出现与故事有必要关联的道具用以构成场景。矛盾出现的时刻往往是角色发生意外状况的时候，大约在 10 ~ 15 秒的地方，或者更早。例如，著名的动画短片《和尚与飞鱼》（*The Monk and the Fish*，1994，图 1-9）①，在第 6 秒处和尚发现了跃出水面的小鱼，于是引发了一场执着追逐；在 6 分钟短片《非常小王子》（*Le Trop Petit Prince*，2001，图 1-10）中，小意外发生在第 40 秒处，小男孩发现了太阳上的污渍，于是疯狂大扫除就此展开；在另一部长达 8 分半的渥太华动画节短片作

图 1-9

图 1-10

① 《和尚与飞鱼》获 1995 年法国凯撒奖(César Award for Best Short Film)与欧洲金动画奖(Cartoon d'Or)。

图 1-11

品《杰拉尔丁》(*Geraldine*，图 1-11)中，开篇的第 1 秒钟就开始了“变性”的意外，全部故事围绕着角色如何适应突然的性别改变而展开。所以说，在动画短片中矛盾冲突的设置宜早不宜迟，我们需要尽可能减少观众的等待时间而直接进入矛盾冲突和主题。

短片中对于角色的塑造也是需要有性格变化的，也就是说从开端到结尾，角色的情感曲线应该是变化的。但是，他们不需要一直去学习什么，或者做出重要决定甚至收获成功。很多时候，短片讲述的仅仅是失而复得、理解生活、解决问题、揭示秘密或者得到新发现。在疯影动画工作室的另一个风格化作品《悲欢故事》(*Tragic Story with Happy Ending*，2006，图 1-12)中，小女孩经历了从厌恶自己到爱惜自己的人生态度转变，而她的邻居们则经历了从无法忍受心跳的噪音，到习惯于心跳声的陪伴，直到小女孩离开后的不适应……短片甚至可以小到只是一个小笑

图 1-12

话或是单纯小闹剧。例如,《变性人》中无厘头的矛盾设置,一个男人在某天早晨起床后突然发现自己从生理上变成了女人……

在本章的最后,请大家记住关于"故事"最基础的定义:一个角色非常渴望得到某样东西,并在经历了期间的种种麻烦之后才终于得到或者仍然没有得到。当你纵观你的故事,这就是你苦苦寻找的核心内容。对这个基础定义再深化一下:动画短片故事就是一个角色非常渴望得到某样东西,并在经历了期间的种种麻烦之后才终于得到或者仍然没有得到。其中的"麻烦"就是另一个角色或者另一种环境与之发生的矛盾冲突。而矛盾的解决方法就是故事的核心思想、主题或者概念。我们可以用一种简要结构来展示:

角色非常渴望某样东西

↓

发生了一些事情让他付诸行动

↓

他遇到了矛盾冲突

↓

他遇到了麻烦并陷入了危机

↓

他快完蛋了

↓

他领悟了什么

↓

他做出了艰难的决定

↓

获得最终的胜利

BXJ 本章小结

我们为什么要讲故事?因为我们需要娱乐、教育、比较自己与他人的存在方式的异同、与他人交流、感受别人眼中的世界以及学会做人。

很多故事看上去都很类似,那是因为存在故事原型结构。角色原型是可以分类和罗列的,矛盾冲突的种类也是可以归纳的,主题更是有限的。

故事最初的出现是听众需要了解与自己完全不一样的某个角色,知道他们是如何应对和解决他们所面临的问题的。

作为一个电影人,我们需要传递情感。当我们制作动画短片时,我们需要通过情感交流来推进故事并感动观众,但是请记住用尽量少的角色和地点(场景),而且我们只需要一个矛盾冲突和一个主题。

第二章

构建合理并且有吸引力的内容

无论是一个短小的习作还是一个高投入的长片，创意在任何一个项目中都相当重要。但是从哪里可以获得好的创意？我们怎么去判别这个创意是否优秀？退一步说，即使这是一个好的创意，它是否适合进行动画短片创作呢？这个章节将会提供一些指导性方法。在某种程度上，这些方法可以帮助你寻找到值得花费精力和时间来创作优秀动画短片的创意和想法。

在本章开始之前，我们需要聊一聊什么是动画短片。

毋庸置疑，动画是一种具有完整叙事结构的电影形态。与真人电影相比，它的不同之处在于动画是通过对运动及时间的设计，再现世界上的任何生命活动，并呈现给我们一个艺术家主观理解后的或真实、或科幻的可能的或不可能的世界。

在真人电影范畴，片长少于24分钟的影片就被称为短片电影。然而对于动画来说，仅仅是6~11分钟的商业短片就已经需要一个制作团队耗费巨资来完成了。而本书的读者多为动画短片独立制作人，所以我们的目标是为动画制作者提供适合独立制作的，片长为1~3分钟动画短片所一般使用的线性叙事结构写作方法。

然而动画短片的长短最终并不是完全由需要讲述的故事长短决定的，它也取决于运作方式及技术能力。是单独作业还是团队合作？有多少时间周期？有多少预算？有多少可以利用的人力和物资资源？除此之外，它还取决于团队能够在哪个层次上处理故事主题和概念，以及团队在技术问题处理上处于怎样的水准。

第一节 ◉ 最基本的十二条创作规则

一、故事至上

在动画创作中，故事将贯穿我们工作的每一个环节。作为一个独

六、情感驱动行为

故事是由角色的情感发展构成的。越是真实明确的情感，越是能真实、细腻地展现角色在当下环境所做出的应对行为。

不同于文学著作，电影中的故事需要通过角色的行为动作来讲述。一般来说，角色的某种行为会保持一种连续性，直到发生某件事情而被改变，促使角色开始另一种行为。① 比如说：我坐下来，并在我的电脑上打字，直到电话响起，我走过去接听，或者电话响起了但我忽略了（或停顿一下）继续打字。这个时候，我后面的行为是由我的写作内容决定的，或者是由我是否在乎这个电话来决定的。如果我沉浸在写作中，我决定忽略这个电话，那么我会在电话铃声中继续写作；如果我很在意也许是某人给我打来的电话，那么我会站起来去接电话；再或者，我开始时决定不理会电话，可当铃声响到第 9 下时，我的好奇心被提起，我害怕电话戛然而止，于是我立刻起身猛冲向电话……

通常在初学者中，大家总是根据角色的行为来构建故事中的事件，而不是根据角色在不断发展的矛盾冲突中的情感变化来构建情节。这就导致了故事看起来比实际的要短，因为角色情感以及当下的反应行为会充实故事，使之看起来更丰满。

请大家记住，动作永远不会简单地发生。动作是思考和情绪的结果。在故事中，角色的所有想法和感觉被称作为内心独白。内心独白才是角色行为真正的驱动力。

七、只要表演不要讲述

这是一个通行于文学和电影创作的黄金法则。"讲述"是指用陈列或者阐释的方式而非角色自身的情感经历以及感知经验来描述角色或者故事。表演的意义在于，通过外表、行为、动作以及角色反应等画面特征来直接表现角色的情感经历。

以日本导演山村浩二的著名艺术短片《头山》（*Mt. Head*，2002，图 2-4）为例：一个吝啬而又可怜的中年男子，头上长出了樱花树，于是命运就将他与樱花树的抗争联系到了一起，直至他困顿而自杀。这是一个对该片极简单的概述。虽然是短片，镜头中的动作细节表演仍然很丰富。中年男子在路上捡起掉落的樱桃，回家后用废旧钟面做盘子来盛樱桃，用手沾沾水龙头来洗手，樱桃核舍不得扔而吞下等，这一切细节动作让我们知道这个中年男子的节俭以及吝啬。在短片中，让观众亲眼所见的细节是观众认识角色和故事的最好工具。因为短片的最大特点就在于直接。

在短片中，象征性符号、旁白或者对话远远比不上动作本身有说服力。在动画短片中，经常只有很少的语言或者对话存在，有的甚至根本就没有对白，因此，所呈现出来的画面就显得格外重要。作为动画师，我们需要考虑的不只是角色如何运动，而是如何通过动作表现的最大化与观众进行类似哑剧的行为和情绪上的交流。当有人问起我们为什么要花费这样大的人力物力来做这样一部动画短片时，我们的答案应该是，这个故事需要也必须通过动画的方式来表现，而动作的表现就是动画的根本意义所在。

在这里要强调的是，动画剧本的写作远不仅仅是写作那么简单，它是形象化的。

① Ed Hooks. *Acting for Animators*. NH: Heinemann Press, 2001, p.6.

图 2-4

我之间的矛盾。相比较来说，角色与角色自我的矛盾是最难表现的，因为这是角色外在表现与内在表现的冲突，这种冲突很细腻、很敏感。我们讨论矛盾冲突的同时，也需要讨论哪些矛盾是不需要的。矛盾冲突不是一场战争或是一场车祸，更不是一次竞技，而是通过对立面的双方来充实和丰满角色的塑造。

九、明确故事的结尾

如果一个讲故事的人自己都不知道结尾，那么他一定无法生动有趣地来讲述这个故事。有的时候我们甚至会以一个有意思的结尾为契机开始一个故事。结尾处不仅仅是问题的解决，更是角色的转变，或是观众观念的转变，这样的转变才能为整个故事带来情感和意义上的升华。

八、创造合理的矛盾

很显然，构筑矛盾冲突是定义一个故事的基础。我们常常有了几个好角色和一个好的开端，然后就匆匆下笔，开始写他们的故事，但是最终的结果往往拖沓冗长。原因在于我们往往只是罗列这些元素，而没有设置合理恰当的矛盾。没有矛盾，就没有危机，更没有问题的解决，那么，也就没有结尾。全片一盘散沙。

矛盾冲突有三个类别：角色与角色之间的矛盾、角色与环境之间的矛盾、角色与角色自

十、让观众获得快乐

当感官经历一个视觉化、机智幽默并且具有真情实感的故事时，观众很容易从中获得快乐。

一般来说，比较好的动画短片往往带有冒险特征，夹杂悲情成分、温馨的画面风格并且同时有一些笑料。在观看过程中，小惊讶和小惊喜会不断累积，让观众在结束观看后继续回味。不要忽视这些小插曲，他们会让影片变得“印象深刻”。

十一、巧用幽默

幽默有很多种，有直白的，有晦涩的。在动画短片中，比较好的幽默是根植于故事情境、强化矛盾冲突或者角色情感中的，最好能够巧妙地揭示出角色更多的性格特征。

在《消失的松果》(*Gone Nutty*, 2002，图 2-5)中，松鼠用一切办法想挽回损失。他掉落到冰层上后，看到周围的松果洒满一地，这仍使得它很欣慰，可是不料大陆板块就此分割，它与所有的松果逐渐远离……看到这里，所有的观众都会觉得好笑，这不仅仅是对板块学说的戏剧化解读，更是被松鼠的执着和倒霉所逗乐。这一幽默的设置不仅强化了角色性格，更强化了矛盾冲突，让松鼠之前的所有努力付之一炬，观众在幽默一笑之余不免对松鼠产生由衷的同情和喜爱。

图 2-5

十二、表现自己喜欢并擅长的内容

记住，请一定要努力表现自己喜爱并擅长的情节或画面，如果自己都无法提起兴趣，那么没有人会被我们感动。个人化的情感或体验是创作最好的素材，它可以维持我们长期的创作欲望和创作精力，保证作品的吸引力。

第二节
故事内容创作来源

故事内容的创作来源无外乎理想与现实两方面。一个动画短片的故事内容可以来源于任何元素：理想、现实、思想概念、角色、地点、环境和经验等。我们的理想也许很遥远，也许很近，把自己的理想发展成不错的故事，激励自己和他人。对于创作者来说，无羁的自由是每个人的理想，他把这个理想安插在了小女孩身上，成就了这样一个故事。现实是最容易寻找的发展角度，以体验和观察为主。以一个中心概念来发展故事是最常见的做法，例如环保、励志等，它可以给故事以最直接的定位。在疯影工作室出品的《男人的独白》系列短片中大量使用了现实题材来挖掘现代人类的生存现状。其中有一部短片名为《本来应该是我》，讲述了一个男人在早晨因为找不到妻子放置的另一只袜子而大发雷霆，埋怨妻子的不周到和不细心，而恰恰是找袜子耽搁的时间帮助男人躲避了一场特大车祸，最终男人到了办公室后，砸碎了自己的手表。这个故事很现实也很简单，勾勒了时间对于现代人的意义。如果某个角色感召了自己，那么角色设计先行，在此基础上，围绕角色性格构建合理的故事；如果某个地点特别吸引自己，以此为基础我们想发展一个故事，那么就需要知道这里吸引自己的真正原因是什么，这个原因就是故事开展的切入点。甚至于有时候，一个好的地点设定就可以托起一个完整的故事；就环境来说，往往是造就某种矛盾冲突的环境才能发展一个故事；个人经验绝对是构筑故事的直接来源，真实的感受加上夸张的表现，故事的情绪可以很丰满。

如果以上的方式都无法让我们获得一个好

的故事创意，那么再试试下面这些：

（1）从自己身上找突破。喜欢的、不喜欢的；我们所知道并感兴趣的；快乐、悲伤和惊喜；改变和希望等。

（2）换一种思维，想象生活中的种种可能。躲在壁橱里的怪物是每个孩子们惧怕的东西，但是只有皮克斯公司把这个耳熟能详的吓唬小孩的东西做成了动画电影《怪物公司》(*Monsters, Inc.*, 2001，图 2-6)。换一个角度看世界，也许孩子气，但一定很有趣。

（3）旅行和发现。学会观察周围，观察世界，在旅行和游历中感受世界，理解世界，调整自己的眼光和讲故事的方式。

（4）从阅读中寻找灵感。文字和图片经常被认为是最好的创意启发来源，因为在阅读的过程中，我们脑中的画面从未停止过，往往我们脑中的东西比文字和图片上的内容丰富很多。

（5）各类艺术性体验。无论是观看展览还是鉴赏艺术品，观看者从作品中看到的是创作者的思维和技巧，这些直接感受很容易嫁接到观看者脑中，从而进行再创作。

（6）对于已有作品进行改编。我们不是复制一个故事，也不是续写一个故事，而是改编一个故事。不要惧怕改编，改编也具有艺术性。换一种角度来谈同一个故事，一切都会不一样。

（7）对于当下时事或者流行话题的诙谐化创作。这是极具现实意义的创作，往往以某个具体的事件或人物为中心展开。

（8）创造一种竞争或竞赛，用角色不同的地位和博弈来讲故事。

（9）把所有不可能的事物放到一起来创作。

在动画短片创作中，我们总是尽量寻找最直接的方式来讲述一个故事。因为我们都是人类，讲述的也都是人类的故事，所以故事往往来源于我们的个体经验、梦境和观察思考。一般来说，我们最先冒出来的故事想法总是更适合做真人电影而不是动画。之后我们必须要研磨这些故事想法，寻找夸张、隐喻、象征并进行归类和提炼，从而将故事核心从真人电影范畴中脱离出来，去完

图 2-6

成一个动画形式的表达。下面有一些帮助大家推进和提升故事概念的方法，它们分别是：研究、脑力激荡、压缩和置换。

一、研究

研究分为事实性研究、观察性研究和经验性研究三种。

即便我们有了角色、矛盾冲突和地点环境，我们对于故事仍然有很多未知的东西。事实性研究是基于人类发展事实而建立的各种复杂关系来展开的，它可以为矛盾冲突和变化的各种潜在可能提供创作灵感。而任何一个改变都可以引发更多规则性的连锁反应。不过，前提是我们需要对自己故事内容中的所有参数了如指掌，那是我们确定关系及联系事实的依据。对于观众来说，所谓的逻辑和真实就是基于大家认定的事实来建立的。

观察性研究是动画师们最常用的一种灵感来源的方法。我们通过观看、倾听、触摸等各种方式来认知这个世界。而感受有时不等同于对客观世界的知识型认知。运动的节奏、色彩的象征以及眼神的传递……这些东西都需要艺术家敏锐的捕捉和强化。观察并感受，这个过程能够为我们提供一种故事。这样的故事是更具人类情感的。

经验性研究是最有意思的一种获取故事的方式。因为它很可能是非常偶然的、个人化的和看起来奇怪的。同时，它也是最能激发大家创作激情的方式。这样的故事往往带有创作者自己的影子，因此在后续制作中需要更多亲身力行的工作。但是，请记住，仅仅是还原或模仿某个过程或者动作是远远不够的。这个故事概念需要从自己的经验开始，但是要远离我们自己，也就是说，无论是动作、重量感、力量还是节奏，都需要与自己脱离，建立起一个崭新的生命，这个工作具有很高难度，却是动画人极佳的练习方式。有一个很简单的办法来实现这样的创作方法，那就是将自己与角色进行置换和融合，从而实现一个真实但存在于另一个故事中的自我。

二、脑力风暴

脑力风暴也称作脑力激荡，是激发创意和创作的重要方法之一。当我们需要构思一个故事时，我们会在一些已经确定的元素或结构基础上进行大胆的发散性思维。

首先，我们需要确定片长和短片类型。恐怖片、喜剧片、动作冒险、西部片或者科幻片等，然后紧接着确定故事发生的时间、地点或环境。

其次，明确故事中角色的鲜明性格，寻找并设置合适的角色。

再次，罗列出跟角色相关的事件，在什么地方进行了怎样的活动。并不是所有的事件都需要在短片中呈现出来，我们需要进行选择。举个例子：主人追着自己的狗穿过拥挤的马路。这句话本身交代了角色、场景和环境气氛。那么我们开始思考镜头和画面，主人和狗的形象为何？是怎样节奏的追逐？马路上有什么标志性场所？在追逐过程中遇到的突发事件或者插曲，是用来拓展故事线索还是增加故事趣味的重要方式？

最后，如果可能的话，我们需要在故事中寻找隐喻关系。动画艺术本身就具备讽刺、隐喻等叙事功能。如果需要将故事的内涵提升到一定高度，那么就需要我们通过隐喻、象征或者替代来实现一些故事概念。举个最浅显的例子，一个顽皮的男孩，突然转过脸来呈现出一张猴子的面孔。不过象征和隐喻不能太多、太泛滥，过于符号化的角色形象会削弱故事的亲和力和真实性。

三、整理和压缩

在脑里激荡之后，我们肯定会拥有一大堆稀

奇古怪、五花八门的小情节、小冲突和创意细节。那么如果在我们的想法中有太多的人物、事件或场景怎么办？顺手丢掉它们吗？千万不要。在我们没有最后完成短片创作之前，保留所有的想法。也许其中的某些东西杂糅在一起可以成为一个重量级角色或者矛盾冲突。

首先，我们在压缩和整理概念前需要再三明确故事究竟要说什么。那么按照重要性把事件进行罗列和排序，显而易见，那些偏离主旨的想法可以暂时搁置一边，而不是生拉硬扯地放进故事中去。

其次，整理那些存在逻辑问题的事件。也许我们所列举出来的跟故事内核最相近的若干个事件都是极为有意思的，但是在短片创作中，我们只需要一个戏剧冲突而不是好几个，所以，我们需要选择具有逻辑性关联的事件和矛盾冲突。这样的冲突也许是现成的想法，也可能是几个想法的整合。

最后，戏剧冲突、角色和场景的压缩会让我们觉得故事会不会太简单了，这时候我们需要对所有其他素材进行整理，寻找可能的小桥段，发展故事的丰富性和趣味性。但是切忌拓展故事的复杂性，单纯和简洁是动画短片非常可贵的特质。

BZXJ 本章小结

在我们开始考虑故事之前，每一位创作者首先要明确以下创作原则：

● 故事至上，简单明快，主题鲜明，不要陈词滥调，有吸引力的角色，情感驱动行为，表现而不是讲述，创造冲突，结局明朗，有趣味性，令人捧腹；但是，对于个性化创作，以上创作原则均可视作无效……

● 获得创意和故事的最佳办法是不断练习和不懈努力。

● 我们的创意源泉有以下几种可能：

任何地方，中心思想，角色，地点，情境，经验，问题，观察，协商，新闻，艺术，其他故事，竞争，融合，所有的不可能……

● 在我们获得了创意源泉后，我们需要以下几种方法来推动故事的最终形成：研究，头脑风暴，压缩和整理。

第三章

理解角色表演

很多人认为，所有电影剧作家都能够创作动画剧本，或者说，大家普遍认为电影剧本的写作技巧与动画剧本的写作技巧无异。这个错误观念的核心问题就在于，大部分人没有认识到真人表演与动画角色表演的本质化差异。我们可以说，动画师就是演员，但是他们的工作是超越一位真人演员的，因为他们需要给角色赋予所有的生命存在的细节，包括呼吸和流动的血液；或者说动画师的职业本质是体现世界生动的根源——灵魂和生命的气息。对此，梦工厂动画电影产品设计师 Kathy Altieri 是这样解释的：如果你是一个艺术家，你就要去感受和体验你所画的所有一切。

比方说画一个坐着的人，我们需要去感受他坐在椅子上的臀部的重量，需要去感受他身体弯曲时腰部承受的牵引力。事实上最后画出来的角色形象和模特的外形也许并没有多大关系，但是模特的坐姿所富有的生命感必须被传达出来。进一步说，特别在角色形象脱离真实化造型时，这样生命感的体现尤为重要，动画师用线条的运动来描述一个并不存在的生命，并让所有观众都能够信服这个生命的存在。

动画之所以精彩就是因为它能够为观众提供一种直观感受。作为创作者我们需要把这种直观渗透到每一个细节，包括音乐、光影、颜色和线条。动画师在其中拥有很大的发挥空间。如果动画师能够真切感受到角色的情感，这种情感将会在任何一个极为细小的动作表演中被体现出来，这些细节的叠加就是对角色形象最好的勾勒，对角色性格最好的阐释。动画师自己的表演越流畅，他创作的角色就会更好地与观众交流，在影片的每一个瞬间就会让我们感受到更多额外的情感和内容。

专业演员都会进行类似角色内心独白之类的训练，然后通过他的表情和动作将这种感情真实地传达出来。正是这种真实性将优秀的演员和杰出的动画师突显出来。比起一些还不老道的演员或者业余演员仅仅只是通过单调的一般符号化表演去表现“害怕”、“高兴”或“伤心”这些情绪，优秀的演员则会重新创造或者整合情绪。因此，创作动画剧本的写作者必须深刻理解动画角色表演的意义，并自身具备一定的表演和角色塑造能力。

那么应该如何塑造动画角色呢？首先，非常重要的一点在于创作者要能够开发角色的内心世界，因为生命的感情世界是通过表情和动作来传达的，只有充分理解和体会角色的内心世界，才能延伸出真实、生动的表情和动作，而不只是符号化的表演。我们需要考虑两个层面：角色的思维和思想如何转化为情感；角色的情感如何转化为动作和表情。

此外，我们需要考虑如何拓展角色应对外界环境和独立生活的方式：一个角色如何在一场戏剧冲突中通过目标、行为和情节被不断确认和定义，这就是塑造角色形象的关键。

最后，我们需要想尽一切办法将自己的情感置身于角色中，避免重复和老套的表达，创造出具有鲜明个性的角色，可以说这个个性是角色与创作者情感融合的产物。

总之，只有在动画创作进程中学习和使用角色表演技巧，我们才可能创造出一个可信的、鲜活的角色，并在影片的每分每秒抓住观众的内心并且感动他们。

在 20 世纪初，俄国演员斯坦尼斯拉夫斯基——现代表演之父——阐述了演员应如何将人类情感通过舞台传达给观众。他发现当演员们准备塑造角色个体时，必须得先塑造角色的内心世界——感情、思想和动作——这些让具有个性特征的角色在观众面前栩栩如生。因此，斯坦尼斯拉夫斯基开创了一种方法，叫做心理—肢体表演原理，演员可以由此获得角色的内心世界，或者说是情感核心。这里需要简单阐释两个概念：

（1）心理思想：由我们脑海中想象的图像而产生情感。

（2）生理姿态：由心理思想图像而反映出的姿势和反应行为。

通过对心理思想和生理姿态的理解，创作者才能够深入思考、感受，进而喜欢自己所设定的角色，从而通过选择更有力、更情绪化的行为动作来展现故事中角色的发展。

本章中，我们会尝试将心理思想和生理姿态结合在一起，看看如何来创造真实可信的动画角色。

第一节 ⊙

探索心理进程

我们脑海中的画面会创造出情感和情绪。想象自己脑海中有一部摄影机一刻不停地拍摄我们每一天中的每一时刻，这些画面必然会呈现出我们的各种心情和情绪。在探索角色的心理进程时，最初的情绪来自于创作者本身。在构思剧本时，我们可以通过以下两个方式来获得探索心理进程的渠道。

一、情感记忆

设想我们本来只是毫无特殊情绪地坐在公交车上驶往目的地，突然想起几天前发生的某些不愉快，这些不愉快的每一个片段和画面在我们的脑中反复出现，夹杂着我们当下所看到的车窗外拥堵的路口，听见嘈杂的声音，于是我们越来越烦躁，负面情绪逐渐建立起来，到了下车的时候，我们很可能变得非常愤怒，甚至会因为一点点细小的摩擦而与他人发生冲突。

这个过程就是事件的重演。某些事件画面反复在我们的脑海中播放，这样的回顾创造了情感的循环并且将情绪递进加深，这个重演过去事件片段的心理过程被称作情感记忆。

二、移情作用

我们正和朋友一起无聊地喝着下午茶，愣愣地盯着暖暖的红茶后，我们突然开始想象晚上与自己暗恋的女孩子约会，我们的思绪开始升温而且一发不可收，这时的我们完全沉浸在下午茶之外的美好的想象里，甚至会愣愣地盯着坐在对面的朋友傻笑。

这些积极且愉快的感受都来源于我们想象的那个人。这种想象未知事件发生的过程叫做移情作用。这些脑海中的画面叫做想象画面。每一天我们都由一个想象空间中的极隐私的内心世界来决定我们的情感世界，而对于演员，他们是打开角色在不同场景里的情感世界样貌的钥匙。所以，对于动画师来说，他们不仅要寻找这把钥匙，更要创作出拿钥匙的人。

对于动画短片中的角色塑造来说，拿捏角色性格最基本的要素在于准确把握角色的心理进程，并且将这种心理进程直截了当地呈现给观众，让观众的情绪与角色情绪递进保持一致，这样观众才会对矛盾发展和矛盾解决投入完全的关注。

第二节◉ 把心理进程应用到角色上

我们知道如何通过情感记忆和移情作用来接近真实感情之后，现在，把它用到我们设计的动画角色上。

应该每个人都经历过这样的事情，一件崭新的东西，在商标或者标签被撕除后残留下的黏糊糊的东西让我们很不爽，于是想尽一切办法想把它弄干净，我们尝试了很多办法，用小刀刮，用水洗，用橡皮擦等，直到最后终于让它们都消失了，哪怕耗费了一下午的时间，我们也觉得很满意。现在我们来看一个法国疯影动画工作室的作品《非常小王子》(图 3-1)，这是一个环保题材的短片，讲述了一个爱干净的小男孩，在早上大扫除的时候突然发现太阳上有污渍，于是想把太阳擦

图 3-1

干净，问题在于从清晨到中午太阳不断升高，所以尽管小男孩用长杆、踩桌子和凳子、爬梯子、爬屋顶、坐直升飞机等办法来清洁越来越高的太阳，但是全部都失败了，直到太阳快落山了，他才完全够得着，并且认认真真、仔仔细细地将太阳擦得亮堂堂，然后太阳下山，星星升空，小男孩满意地回家了，在抽水马桶的声音之后，管道里出来的污渍又把已经转到地球背后的太阳弄脏了。

在上面这个例子中，通过情感记忆和移情作用，小男孩被赋予了这种类似强迫症的擦拭行为，这种行为的循环、延续和递进扩张了情绪和戏剧矛盾，并在结尾处与污渍的来源形成强烈的戏剧化对比。下面是创作过程中的一些要素：

（1）找到想表现的那一瞬间。

（2）通过情感记忆去真实感受。

（3）仔细分析和研究这种情感是怎样影响自己的。

（4）把情感和对自己的影响转移到动画角色身上。

对于不擅长表演的人来说，对角色所设计和概括出来的感受具有普遍性，不具有角色特定个性以及时间、空间指定性；对于擅长表演的人来说，设计出的情感具有角色的唯一性、时间和空间的唯一性。因此，这种独特性能够产生强烈戏剧感，让人印象深刻。

第三节 ⊙ 探索生理姿态

请记住，角色的生理姿态和心理思想是紧密联系、不可分割的。无论我们是在轻轻地梳理头发还是重重地摔门，每一个姿势都反映了我们的内心世界。例如，一个被追捕的初犯力图表现得很镇静，手上却不自觉地快速敲着铅笔，这个动作细节揭露了他的焦虑和紧张；而一个惯犯慢节奏、有规律地敲着铅笔的话，也许他是早已对于审判习以为常；一个第一次当爸爸的人为了使自己表现镇定而在医院候诊室焦急地敲打铅笔，这种敲打也许与节奏无关，而是用每一次敲打的声音掩盖自己的害怕和担忧。在所有的例子中，同样是敲打铅笔的动作，不同情境下的角色使用完全不同的表现方式。敲打铅笔的动作姿势都是被角色的情感世界所控制的。

情感，就像电流，输入到每一个姿势中，体现出身体的每一个位移。没有经验的表演者通常会犯同一个错误，他们只使用一种元素，要么心理的，要么生理的，这样容易陷入表演不真实的困境。他们会为了表现一种情感忽略某种姿势或者表现一种动作而忘了情感，比如，导演让学生去表演恐惧，学生也许仅仅通过紧张的抖动身体或者睁大双眼来表现恐惧感，在他们的眼睛里看不到真正让人觉得恐惧的东西。优秀的演员会真正探索角色以及角色应该具有的情感，角色的情感设计是集教育、文化、修养、个性、年龄和性别等于一体的轮廓勾勒，角色在特定情境下的反应取决于他们的个性素养和情绪。所以好的演员知道如何通过情感回忆和移情去重现真实的心理和生理反应并创造真实可信的角色。

第四节 ⊙ 将生理姿态运用到角色上

现在我们要尝试将生理姿态与情感连接并应用到角色中去。这次以《堕落的艺术》(*Fallen Art*, 2004，图 3-2)为例，身体畸形的将军曾经是个小号手，他残忍地用士兵坠落地上的尸体姿态照片来满足自己对过去的美好回忆。片中将军在小号音乐中，配合着由士兵尸体图片完成的逐格动画跳起了节奏鲜明的舞蹈，硕大而畸形的形体

图 3-2

和极富乐感的肢体动作戏剧化地配合在一起，构成了深爱音乐的唯美情感与残忍冷酷的暴力行为之间的戏剧化重合。当音乐戛然而止，将军的眼角流出了泪水。这时的情绪积淀是复杂的，既是美好回忆中快乐的眼泪，又是残酷现实中悲情的眼泪。接着，他军人本色展现，擦干泪水，继续杀戮。这个短片中，将军的舞蹈和眼角的泪水是展现这个角色心理状态的重要元素，创作者坦言，他们在设计角色情感时困惑很大，因为要将刚毅的军人、浪漫的艺术家、残酷的屠杀者和回忆童年的成人融合到一个角色中并非易事，他们用了很多细节性草图来设计每一种需要的角色情感动作，然后进行分析和研究，从而设计出特定的身体姿态与节奏，并在无数次表演和动作调试后接近了期望中的效果。因此，在设计角色的生理姿态时请记住：

（1）找到渴望表现的瞬间。

（2）运用自己的表演能力去感受相应的情感。

（3）把情感运用到生理姿态上。

（4）把心理到生理的反应信息转移给角色。

在一个镜头中，角色的核心表演元素分别是目标、意图和行动。生理姿态与场景密不可分，所以除了研究如何将生理姿态嫁接到角色上之外，为了创造出属于他们自己的情感和姿势，我们还需要把角色置于某个特定环境中来考虑角色的目标、策略和行动。我们需要在场景中利用这些基本要素来加深矛盾冲突。

目标——角色想要得到的东西。

策略——角色为了达到目标所采用的方法。

行动——角色所做的与其意图相一致的行为。

角色在特定环境下的目标、策略和行动产生了一系列的矛盾以及矛盾的解决。事实上，任何一个电影、戏剧或是动画短片都是用这种手法来运用镜头描绘故事，从而建立冲突，以达到一个有张力的结尾。

第五节 ⊙ 在角色的对话和动作中逐步确立目的和意图

在角色对话中必须始终贯穿角色的目的和意图。虽然说动画短片可以完全不需要对话或者对白，但是，当简单的对白被真情实感所包裹的时候，它的力量是无穷的，它可以巧妙且清晰地阐明角色的行动目标和意图；反之，角色的目标和意图也让对话有了意义和背景。为了了解对白如何阐明意图，让我们来看看一个角色A和角色B的对白案例。

A：嗨！

B：嗨！

A：你最近好吗？

B：还好。

A：真的？

B：是的。

A：好的，我一会儿打给你！

B：再见！

A：再见！

在第一印象中，这是一段毫无意义的对话，它不具备任何意义。但是它让人觉得有些熟悉，因为用法十分通俗，然而我们没有给这段对话设置任何环境，所以我们不知道角色究竟在说些什么。

给这个对话加入一些目的来创造意义，假设A的目的是和B和好，A爱着B，他们之前吵架了，A和B都想和好。现在，用我们所学习的比如情感回忆和移情作用来大声和同学阅读这个对话。

第一种意图：双方的目的都是和好。

结果：我们想象着他们并能体会到这两个角色的感受了。我们都会觉得，这两个角色都会同意和好并且已经做出了和好的姿态。

接下来，我们再次阅读这个对话并且改变为第二种意图：A选择和好，B选择拒绝。注意B的目的的变化会怎样影响剧本的进程。让我们把这个镜头称为“分手”。试试看。

第二种意图：A的目的是和好，B的目的是分手。

结果：当这个具有真实情感关系的目的和意图渗透进对话时，在相同的对话中我们将会听到一个完全不同的表现方式……无论B的答案是“还好”、“是的”还是“再见”，我们都能明显感受到冷冰冰的气息，这种温柔的无情绪的拒绝对于A来说，和好的目的显然没有达到。

因此，练习过程中我们需要不停地设置不同的目的、意图和情境来构筑不同环境下的对话及动作，这些都是体现角色生命中那特定时刻和环境下的、唯一的东西所必需的内容。

第六节 ◉
即兴创作

真人表演中的即兴创作是指演员通过脱离剧本的、不受拘束的表演来发掘一些“新”的角色情感的东西。当演员需要在场景里找到真实性，探索角色行为动力，或者当他们因缺乏灵感而停滞不前的时候，他们就会依赖即兴创作。即兴创作一个情境可以帮助演员快速进入状态，因为它能超越已有剧本的限制而通过自己的理解去发挥无穷想象。通过这个方法，演员还能发掘出适合他们自己个性的特别姿势或者动作。在动画角色的塑造时，虽然演员是角色，无法自己即兴创作，但是我们可以利用即兴创作的特点，忘记角色是虚幻的，把自己装进去，在已有的角色目的和意图基础上即兴表演一段，可以用电子记录手段将表演记录下来反复观摩，在这基础之上创作出来的角色会很不一样。

请记住，这时候尽量让自己放松，跺跺地板，大声地笑、哭、发怒。当我们超越情绪或者体力极限的时候往往会发现一些新的东西。因为自我意识与创作是相反的，很多时候我们越是清醒越无法真正投入创作。如果觉得紧张，那就休息一下，然后记录下情感回忆的过程。

第七节 ◉
标志性的瞬间

镜头中标志性瞬间对于故事叙事来说非常重要。这些自然而又熟悉的场景很容易帮助观众获得情绪共鸣。这些瞬间从日常生活中被抽离出来，然后用以告诉观众："看，生活是重要的，每一个瞬间都是那么重要！"每天我们都在生命中分享这些瞬间。我们只需要停下匆忙的脚步看看自己的周围。例如：母亲正在为他的孩子梳头发；年轻的儿子在第一次离家的时候回头看自己的父亲；爱人挥手道别；很久没见面的兄弟互相问候。

在动画电影中我们同样可以看到这些场景，比如，妈妈抱起一个新生儿；小鹿斑比为自己的妈妈而尖叫；史瑞克和他的驴在月光下坐着……

选择标志性的瞬间对我们的故事非常重要，首先要确定场景里什么是最重要的，其次要把故事压缩在一个可行的时间周期以内，最后要确定好需要展示给观众的画面：表达最重要意义的图像。很快大家就会发现我们的动画短片已经具备雏形并脱颖而出了。

最后总结一下，表演是真实的。它是肢体语言对情感和思维的探索，是真实的悲欢离合的抽象和提炼。通过学习和理解表演艺术，创作者的心理情感与动画角色造型的融合会更天然。表演的最大意义在于通过角色让观众和创作者紧密相连，在影片的每一个瞬间感受创作者想要感受的一切。

为了获得更为真实的角色形象，从斯坦尼斯拉夫斯基的心理—肢体表演原理中我们可以学习到：

（1）情绪是由画面产生的。

（2）角色身体的物理状态——运动和姿势，都是角色内部心理状态和情绪的反应。

（3）角色的真实感受会随着故事情境时刻变化。

（4）角色的行为时刻会进行与心理和情绪相对应的变化。

BZXJ
本章小结

- 抓住可信和标志性瞬间中的"真实"情感。
- 运用心理—肢体转换技巧。
- 心理进程：脑海中的概念产生情感，运用情感回忆和移情作用来回忆一段个人体验，或者通过询问他人"如果……会怎样"来找到与他人的情感连接。
- 肢体动作让观众感受到内心的情感世界。
- 避免走向老套：普通的情感在片段中并不构成典型，因此会让角色不够真实。
- 面具/外壳：角色的教养、文化背景、个人性格，这些会影响到角色的真实内心的表露程度。
- 镜头工作包括三个基本要素：目的、意图和手段。
- 对话必须贯彻角色的目的和意图。
- 即兴创作是脱稿的、无限制自由地表演出一些新的东西。

表演是真实的：角色的形象是创作者所想表现的内心深处的真实情感。

第四章

设置角色及环境

故事总是与人物相关的。而动画电影中的各色人物(如玩具、怪兽、鱼、外星人、汽车、机器人等)则是那些贯穿故事始终的丰富多彩的角色们。故事是属于角色的,若没有一个出色的角色便不会拥有一个好故事。

第一节 ◉ 怎样才是好角色?

首先,一个优秀的角色应当是可信而且难忘的。

一个平凡的角色往往让人觉得可信。因此,一个好的角色往往是普通而平凡的。这里有两个要点,一是这个平凡是指角色在其生存的环境世界中很平凡;二是角色可以将他们的境遇以及周遭环境反映得真实。那么既然平凡又如何令其难忘呢?因为叙事目的的需要,我们常把角色们设置在一个处境离奇的境遇中,那么他们就很容易通过叙事,也就是他们所经历的事件而感染观众的情绪并留下深刻的印象或记忆。

其次,一个优秀的角色从设计上来说应该极富吸引力。

具有视觉感染力的角色是迷人的,吸引力是建立在角色的视觉设计上的。奥利·约翰逊和弗兰克·托马斯别出心裁地在他们的《生命的幻想》一书中提到"吸引力"这一字眼。对他们来说,吸引力意味着"你的视线被某一角色所牵引,而你则庆幸你所看到的"[①]。这样的角色很容易被识别,无论他们是美丽的或丑陋的,复杂的或直白的,好的或坏的。角色的魅力在于使观众想要注视他们,并渴望了解和发掘更多

---

① Ollie Johnston & Frank Thomas. *The Illusion of Life* Revised Sub-edition, CA: Disney Press, 1995, p.68.

关于他们的事情。

再次，一个优秀的角色拥有与他个性相符的行为方式。事实上，我们的性格决定了我们的行为，而行为最容易透露我们真实的性情。所以，一个可信、难忘并且富有吸引力的角色一定拥有与之相符的行为方式。这样的角色是有血、有肉、有情感的。在动作设计上应该关怀到角色的每一个动态细节，从而勾勒出一个栩栩如生的角色形象。从宏观来说，只有贴切的动作设计才能够将角色安稳地放置在故事中而不会让观众觉得虚假。可以这样说，观众是通过故事的叙事而对角色不断加深了解的；反过来，也正是角色支撑起了故事的发展，使之真实可信。一个富有吸引力的角色所具有的人格是最让观众迷恋和揪心的地方。一个优秀的角色应该具有可以被观众深深记忆的人格特质，这种特质强大而可辨。在角色追求其目标的道路上，这些特质既可以给他帮助又会为其带来阻碍。随着故事中发生的每一个事件，观众不断关注和了解这个角色，并在角色吸引之下投入更多的情感，观众从内心深处开始期待着这个角色的结果：成功或是失败。例如，法国疯影动画出品的《悲欢故事》(图 4-1)中，主人公是一个看上去非常普通的瘦弱的小女孩，但是她的心脏跳动声音巨大，以至于周围一定范围的人和动物都能听到心跳声并感受到心跳的震动。这个特质令小女孩非常困扰，因为邻居认为她不正常，她想解释自己身体里有只小鸟，但是无法被众人理解。她想极力控制自己的心跳，不想影响到别人，但是都失败了。随着日子的流逝，小女孩渐渐开始习惯于独处，周围人也习惯于这种心跳的声音和振动节奏。小女孩的心理开始发生了变化，她开始接受并且喜欢自己，直到有一天她真正变成了小鸟飞向天空。随着小女孩的离去，所有的邻居包括动物都不适应心跳声的戛然而止，表现出了各种不习惯和困扰……这个小女孩的角色最先吸引观众视线的特质是她的心跳声，显然这种处理是非现实主义的，但是为什么拥有这样剧烈心跳的小女孩的角色是可信的呢？因为镜头中所有角色行为及反应行为，包括细节以及音效让观众真实感受到了她的生存

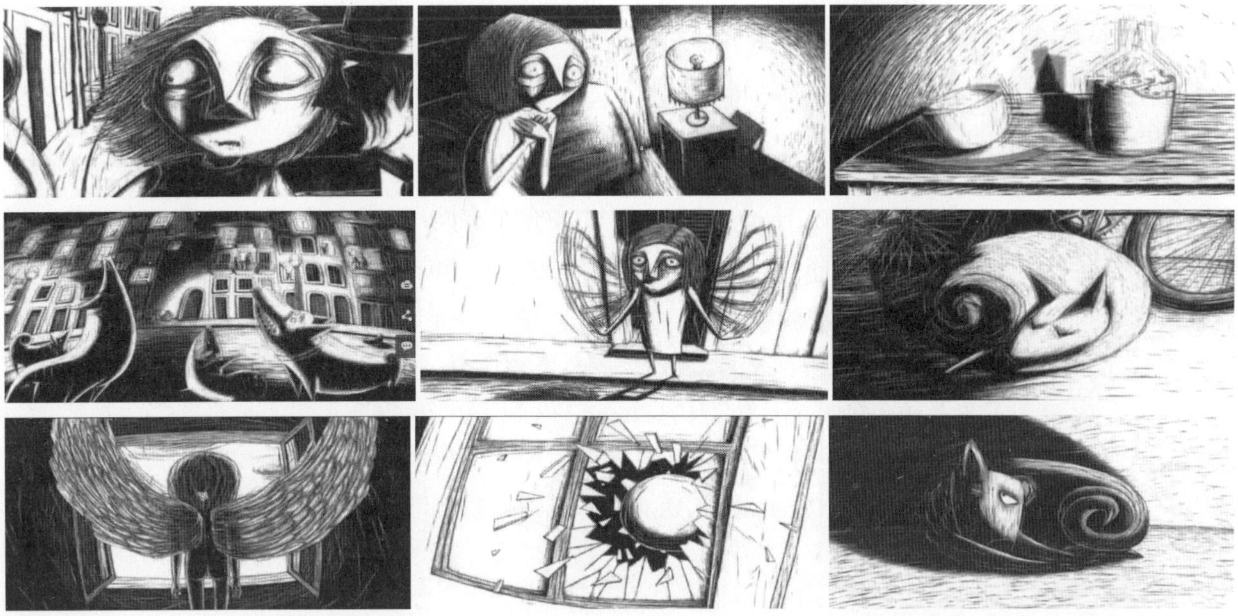

图 4-1

环境。杯子在桌上的震动，永远萦绕在耳边的“咚咚”声，小女孩用被单将自己缠裹起来力图阻止声音的蔓延……这些行为让观众切实感受到心跳声的不正常和对生活的烦扰。后面所有的角色行为都是围绕这个特质展开的，让观众在怜惜小女孩的同时，理解一种从无奈到习惯到豁达到依赖的转换；反过来，也正是小女孩的这一特质才令她得以飞翔，冲入云霄。全片没有批判或者褒奖任何角色，只是用朴实的细节讲述人类的普遍心理，给观众留下极为深刻的印象。

第二节 ◉ 勾勒出角色轮廓

优秀的角色一定是能够让观众理解的。在构思角色的时候，深入角色内心挖掘原始情感非常重要，这样可以在面对故事中的矛盾冲突时，为角色构建出更可信的反应行为。这些反应会通过故事感染观众。所以为了吸引观众，我们需要勾勒出一个足够丰满的角色。

电影中有不同类型的角色，主角、配角、反派人物、小角色以及串场角色。不同类型的角色在叙事中地位自然不同。主角是经过我们精心设计和勾画出来的人物，在经过充分培养后他们具有丰满而细致的情感，优点和弱点，独特个性，成功和失败。小角色和串场角色在功能和情感上是相对独立的。有些时候，他们的作用更类似于推动故事发展的道具，或者只是用来调节叙事节奏。

在故事片中，角色的发展脉络被称作背景故事。换句话说，背景故事是角色的概要性传记，它囊括了从身体特征、教育、专业、家庭、关系网、生活方式、爱好、运动习惯、成功经验、失败经历、疾病、小毛病、优势、弱点、顾虑及恐惧等种种细节。不过对于短片来说，我们并不需要那么多详细信息。因为在短片仅有的几分钟里，我们没有足够的时间去深入展开一个角色。取而代之的是，我们需要让观众尽快了解角色是怎样的，以及它想要什么。作为动画制作人，我们只需要那么有限的一些东西来推进剧情。所以现在我们面对的问题是：如何选择角色的主要特质。解决这个问题可以从以下几个问题着手：

（1）角色的伦理视角是什么？伦理是我们作出任何决定所仰仗的手段。给予一个道德底线可以使角色在对待各种矛盾冲突时保持前后一致的态度。《视觉交流》的作者保罗·莱斯特提出了以下六个伦理道德底线①：

① 非黑即白。这类角色应当有强大的正义感。对就是对，错就是错。

② 功利主义。这类角色坚信最大利益归属于最多数人。其焦点在于结果。他们可以奉献其一生于财富。

③ 享乐主义。这是个快乐原则。这个角色只想欢愉。他们是利己的。

④ 中庸之道。这类角色一向采取妥协和商议的策略。他们一直试图找到能够达成和平协议的中间值。

⑤ 黄金准则。所谓己所不欲，勿施于人。这类角色具有同理心和同情心。

⑥ 无知的面纱。这一角色一直佩戴着玫瑰色的镜片惬意地走过人生。在他们看来万事美好，人人平等。

（2）支配角色的主要力量是情感还是理智？

（3）角色最大的优势是什么？

（4）角色的弱点又是什么？

① Paul Lester. *Visual Communication: Images with Messages* (4th Edition). Belmont, CA: Wadsworth Publishing, 2005.

① 英雄是可以有缺陷，而且必须是有缺陷的，但这个缺陷是可以弥补的。

② 反派角色具有致命弱点，无论具体是怎样的弱点都会最终令其毁灭。

（5）角色如何看待他自己？

（6）别人又如何看待这个角色？

（7）角色最大的秘密是什么？

（8）这个角色渴望什么？

（9）这个角色距离他们的目标有多远？

（10）这个角色需要学习什么？

这些问题确立了所谓的角色轮廓，而角色轮廓决定了角色性格。最好能在心中先通过剧情和故事矛盾回答这些问题。接着我们便可以进一步构筑角色将会遇到的冲突，并将剧情引入我们所预期的轨道中。

请记住，将角色轮廓放置在故事之中时要合乎情理，并且这一角色在此境况中做出的情感回应要自然。如果角色轮廓没能帮助发展剧情，那么这个角色轮廓就必须被否定。不要以为角色轮廓是定型的，要把它想象成一个在故事发展进程中可以不断提炼的工作文档。即便角色已经被构建出来，为了更好地展开故事，我们也需要对角色的个性特征随时进行调整。

第三节 ⊙ 同时建构两个或者更多的角色

当需要同时建构两个或更多的角色时，我们则需要给这些角色轮廓追加一些信息：

（1）这些角色之间是什么关系？

同一故事不同角色之间必然具有某种关联性。他们是萍水相逢还是渊源甚深？他们是陌生人还是旧相识，朋友还是对手，亲人或是恋人，同胞或是仇敌？他们如何看待彼此？在故事中要如何演绎他们的碰撞？

（2）每个角色的地位如何？

地位取决于角色在一段关系之中掌握多少权力，而关系制衡之中的权力又是动态可变的。在现实生活中，不同情境下我们与他人之间的关系和地位会发生相应变化。在餐厅里顾客的地位高于招待，那是因为招待的工作就是为顾客服务。但当你想让招待给你推荐一些好菜式时，权力也就发生了更替。所以说，角色的权力会因为他的目的、态度（积极进取、消极防守、愉快、武断或是操纵）发生转换。在构建多角色时，我们需要明确故事中谁拥有权力，而权力又会在哪种情况下进行更迭。

（3）他们想从对方那里得到什么？

在戏剧冲突中，无论是矛盾冲突的双方还是同方，都在两者之间的关系上有所期待，冲突的双方期待自己的获胜和对方的失败，冲突的同方期待合作的成功和感情的进阶。我们在设置多个角色时，要充分从他们所处的位置考虑角色对他人的期望。

（4）故事是关于谁的？

这问题看起来也许是显而易见的，但当两个有力的角色频繁出现时，我们会不经意间忽视了究竟这是一个讲述谁的故事。所以，我们需要时刻明确谁才是真正的主角。而往往只有主角才会被置于风口浪尖上。

第四节 ⊙ 角色的转变

角色的转变可以是以下三个方面：

（1）生理的——活的或死的，富有的或贫穷的，肥胖的或精瘦的，从完好无损到支离破碎，从软弱无力到坚不可摧。

（2）精神的——清醒的或疯狂的，愚蠢的或英明的，从蒙昧无知到学富五车，从困惑不解到心如明镜，从大意健忘到铭记于心。

（3）心灵的——邪恶的或善良的，吝啬的或慷慨的，从无爱到有爱，从自由信仰到虔诚信徒，从小肚鸡肠到宽容大度。

事实上，所有的转变都包含了情感成分。不会有哪个角色的转变是不带有相应的情感变化的，只是取决于在我们的故事中角色是如何变化的，以及怎样鉴别他的情感身份。在设计故事的阶段，身体特征上的变化也可以成就角色的转变。最简单的例子就是匹诺曹，最初，匹诺曹有个小鼻子，而他说的谎话越多，他的鼻子就越长越大，直到他接受教训为止。当然身体特征的独特设计并不是不可或缺的因素，但是，我们却会经常忽略这样一种非常适合动画来表现的可能性。例如，在前面所提到的渥太华动画节短片作品《杰拉尔丁》（*Geraldine*，图 4-2）就是一个极好的例子。全片以角色的性别转变为第一层次，逐渐挖掘到角色的行为转变，直至角色的心理转变，在片子末尾，所有的转变完成了圆周而回归初始。这样的角色转变跨越了生理、行为和心理三个层次，因此令人难忘，极具吸引力。

图 4-2

第五节 ◉
角色设计

我们通常用六个标准来界定一个好的动画角色设计：

(1) 快速可识别性和关联性；

(2) 易于认知的形状或轮廓；

(3) 充分体现角色个性特征；

(4) 丰富故事内容的生理特征；

(5) 能够完成故事需要的动态；

(6) 具有观赏性和娱乐性。

下面我们将分别细致地来阐述这六个特点。

一、快速可识别性和关联性

在动画短片中，我们需要构建并讲述一个故事，并且要让观众能够深刻理解这个故事。然而我们只有很短的时间来让观众了解角色。因此，当我们看到角色的第一眼时就需要知道它的性格特征和叙事功能。如果角色是一个奇怪的外来物，它的构成来自于人体的某个部分或者是机械生物的某个部分，那么观众需要立即知道这是朋友还是敌人，我们是否应该喜欢它，它究竟是怎么活动的。如果这些信息都不能交代清楚，那么这个故事就会很容易失去观众，即便观众保持了兴趣，我们也需要耗费大量时间去阐释角色。其实，要想吸引观众，很重要的一点就是让观众对角色产生移情、关注或者猎奇的心理。在真人电影中，这一切都很自然，因为至少所有的人类角色都是人来扮演的，观众与角色之间始终抱有一种最基本的生理默契。在动画片中，无论角色是否是人类，它以二维或者三维的形态呈现给观众，从本质上讲是虚构的，不真实的。我们的工作就在于，如何为这不真实的角色创造出可以实现人类默契的可识别性，实现观众心理在角色上的投射。因此，这种可识别性取决于观众如何将角色与周遭事物相关联进行归类和定位。如果这种关联很顺畅，那么观众很容易接受并相信这个角色的真实性。

二、易于认知的形状或轮廓

从心理学角度来讲，形状本身就有其内在意义。圆形是天然和天真的；方形是人造的、结实的；倒过来的三角形是强有力的（超级英雄的胸肌）；直立三角形重心很低，往往处于从属地位并自我满足；锐角和斜线预示着危险或邪恶……大部分的角色是由以上各种形状组合而成的。形状之间的比例关系决定了角色的视觉兴趣，不同的大小、形状和比例能够表现出角色的不同个性特征，从而符合故事叙事的需要。如果我们拥有多个角色，每个角色都需要有相对独立或差异化的特点，那么就需要使用不同的形状、比例和夸张手法以及细节渲染来构成他们，通过对比突显各个角色的自身特质。例如，在由西维亚·乔迈(Sylvain Chomet)执导的《美丽城三重奏》(图 4-3)中，不同类别的角色便是由差异极大的几何图形来构成的。在这样一个默片中，角色们无法通过声音被辨识，于是他们明显的几何轮廓成为了最大的标志，即便在某个场景中一闪而过，观众仍然清楚发生了什么。这里乔迈在角色设计中所使用的标志性形状和比例为角色身份的确立提供了条件。这是真人电影很难做到的，而动画则可以游刃有余。此外，导演还借助了观众熟悉的其他视觉元素，他将男主角自行车手查宾(Champion)设计为类似于马的造型，毫无情绪的脸上有一双清澈的眼睛，面部表情极为呆滞。当问及为何这样处理查宾时，导演毫不掩饰地说："小时候，我觉得我父亲就是这样的一个人，总是没有表情，不说话，总是很冷静，冷静到冷漠。但是凡事都很努力、很认真地去做，无怨无悔。我觉得马的造型很适合这种感觉，也很适合这样一位自行车手……"显然，导演借助了马的可识别性，帮

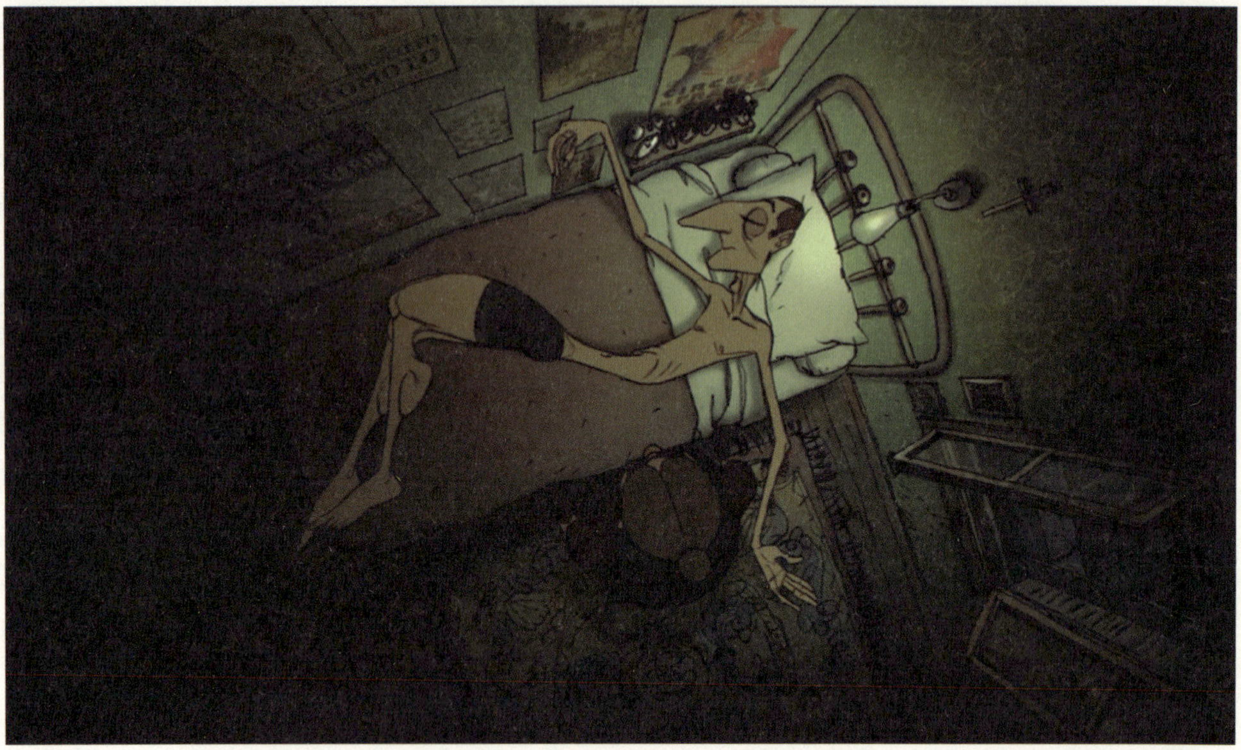

图 4-3

助观众们从直观上建立一种独特的角色性格，这种直观感受可以有效地推动情节发展、进行角色性格塑造以及感染观众。

事实也说明了，这些角色十分有说服力，不仅仅因为他们的造型，更因为他们拥有自己的生活和自己的故事，当这些东西展现在观众面前时就好像他们都活着，承受着痛苦，存在着，这使得他们看起来如此自然。

当我们开始设计一个角色时，最先想到的应该是它的形状，其次才是风格和细节。所以，请认真地问一下自己，什么形状是真正能够跟角色的灵魂进行对话的呢？找到了它，就找到了角色的大概样貌了(图 4-4)。

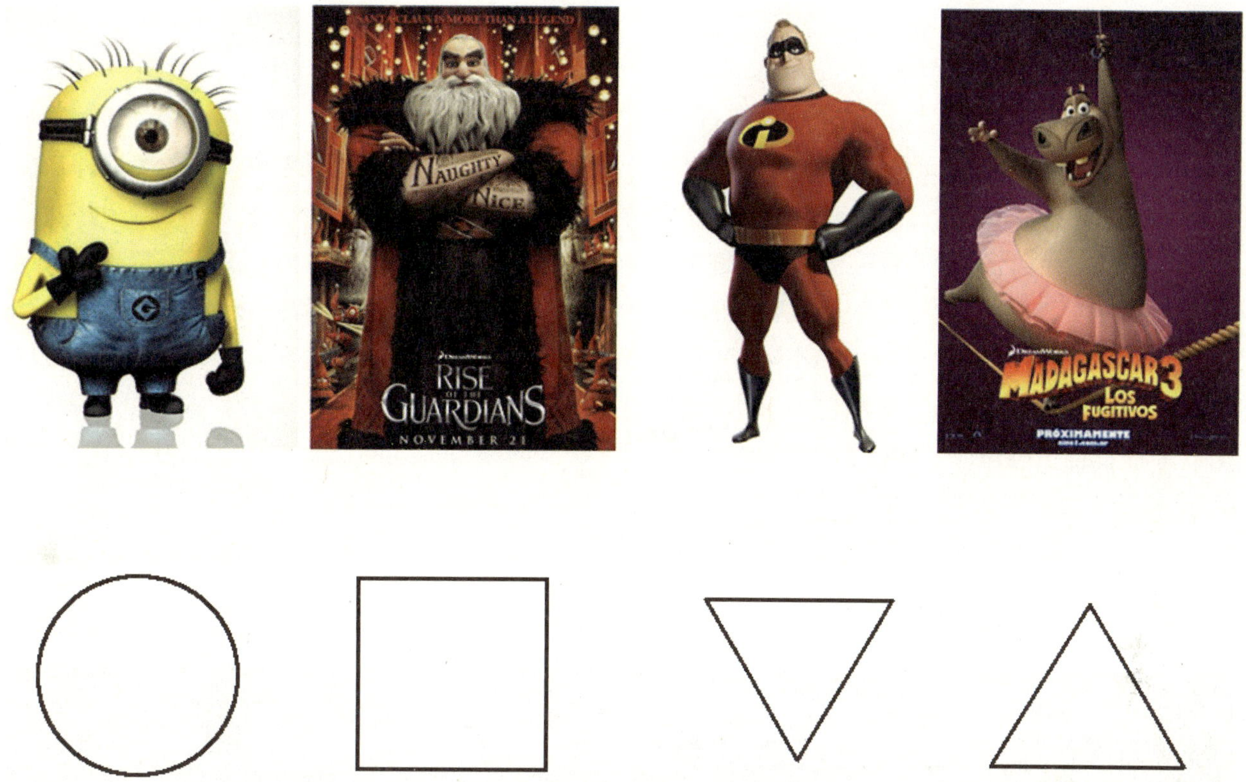

图 4-4

三、角色个性及功能

当确定好了角色的基本形状后，我们还有更多要做的。因为无论是设计一只老鼠、一个老妇人还是一个机器人，都已经有成千上百的类似造型存在着，如果我们不能够表现出他们独一无二的性格和风格，那么这样的角色注定会非常普通。

好的角色一定会拥有自己的个性，他们会从屏幕上跃然而出，他们活着！而且观众会很乐意去认识他们，那么该怎么做呢？其实答案就是原创性和功能性的双重考量。

让角色具有原创性其实很难，第一个方法是我们需要仔细研究角色的本质概念。他是谁？是什么让他变得独特和唯一？找到这一特质，然后进行合理的艺术化夸张。如果角色是个学识渊博的知识分子，那么夸大他的头盖骨，给他一个大额头；如果角色是一个习惯性窃听者，给他一对大耳朵；如果是一只乐观但行动迟缓的大老鼠，那么给他一双大眼睛和沉重臃肿的下半身。总而言之，定义角色的视觉属性对于我们讲故事来说是非常有必要的。

有时角色设计上的特征属性是由故事中角色所承担的任务来决定的，换句话说，角色设计中的某些显著特点可以给故事发展提供线索。在《超人特工队》中，弹力女超人不仅被设计成一个有趣的超级英雄，她更是一个忙碌的母亲，所以她可以任意伸展自己的身体，高效率地完成各种生活琐事；Dash 跑的速度很快，因为他是一个能量被压抑的小男孩；Vioet 可以隐身并且有防护盾，因为她正在青春期，有着很复杂的情绪和敏感的内心……

另一个获得角色原创性的方法就是寻找角色必须面对的目标和冲突。在《美丽城三重奏》中，奶奶的目标是从法国黑手党那里拯救出被绑架的孙子，她个头很小，年纪却很大，导演给她设置了许多障碍：海洋、缺钱、Belleville 繁杂的大都市，还有黑手党。也许我们认为这就足够了，但导演乔迈还把她设计成了一个跛子，让她穿着一只垫高鞋（图 4-5）。因为这样她的步伐和活动节奏就会很缓慢或者说很有个性。可以说，针对这个角色的物理设计阻碍了她实现目标——快速拯救她的孙子。反过来我们想，如果仅仅是矮小和年迈是否能获得相同的角色概念呢？答案是否定的，因为在我们设想中，祖母就应该是矮小和年迈的，正因为是她的跛脚和特殊的鞋才使她变得不同和令人难忘，我们看她第一眼就会去看她的脚，这里所创造的悬念让我们不得不关注这个角色并渴望了解更多。

请记住，动画短片需要在一个很短时间框架内讲述尽可能多的内容。仔细构建角色，设计出使它能够立即传达出强烈个性特征或者角色功能的细节，这些细节将快速建立起角色与观众的关系，并立即进行深入沟通。

图 4-5

四、动作、姿势和附加属性

角色设计的最后一步是把角色放到故事中，检测形象与动作、姿势是否匹配和协调。如果我们设计了一个大脑袋和短手臂的猩猩，但故事有需要它在丛林中攀着枝条从这棵树晃到那棵树，那就会比较麻烦，看上去会很笨拙、很不合理。如果我们需要让一个角色惊讶到嘴巴掉到地板上，舌头滚出房间，那么在设计的时候就要为动作实施提供客观条件，至少它有一张灵活伸张的大嘴。

我们需要仔细研究角色所需要的情感表达的极端状态，这是我们进行夸张的合理性极限。角色的脸和手往往是身体上最富有表现力的部位，这是我们应该充分发挥观察力和想象力的地方。他们能有多大的变形？怎样的夸张才是必要的？当我们开始设计角色的时候，这些都是必须要考虑的问题，不过需要提醒的是，夸张和变形的尺度在于我们的表达方式是可理解的。

最后非常重要的一点就是，在充分设计角色细节的时候我们需要同时考虑其动画成本。如果我们设计了蓬松的发型，那么在角色的行走和动作中，头发的运动也将是细致、柔软、富有弹性的；如果角色服装宽松且质地轻盈，那么衣服的跟随动作都将严格基于物理形态进行合理夸张。如果我们的制作周期和成本有限，那么在角色设计时就必须免去一些复杂动画，而选择更容易实施的表现方法，从而减少时间和物质投入。

第六节 ⦿ 构建地点环境

我们通常认为对于一个动画短片来说，一个好的地点构建具有三个特征：首先是能够为整部动画作品提供一个合理并有吸引力的环境，其次是为全片定下情感基调，最后是能够支撑整个故事的发展内容。下面我们将分别阐述这三点。

一、构筑环境

对于动画创作来说，环境设计是相当重要的环节。看看迪斯尼《美女与野兽》的舞台场景、蓝天工作室《冰河世纪》的冰天雪地、皮克斯《海底总动员》的水下世界或者是《料理鼠王》中复杂的厨房(图 4-6)，我们可以发现环境已经作为必要的叙事元素在艺术和技术的层面上被不断革新。我们需要这样来理解场景和环境，它不仅仅是角色活动的空间，更是角色所存活的世界。

所谓道具，就是用来对环境细节和功能进行信息补充，同时能够被角色使用从而驱动故事发展的视觉载体。一个景观不只是一个景观，一个城镇不只是一个城镇，一个建筑不只是一个建筑，一个房间不只是一个房间。所有环境、地点和场景里面所包含的东西，对于故事和角色来说都是特别的，他们会传递给观众许多视觉线索，包括角色的实时信息、背后的故事以及情绪感受。例如，《僵尸新娘》(*Corpse Bride*，2005，图 4-7)的开场部分，一只从男主角窗口飞出的蝴蝶引导着一个长镜头，将故事环境和场景细节化地展现给大家：灰色的房子和天空，挂满墙的晃着钟摆的钟……这个环境是专属于《僵尸新娘》的，它的一切细节都在告诉观众，这是一个冷漠、血腥和机械化的环境，营造出冷冷的感觉。

所谓空间，就是为角色的行为动作表现提供一个足够大的场地。不管这是一个幽闭的室内空间，还是一片广阔的外景空间，空间设计最基本的要求是能够让观众直接看到主要动作的发生场景，因此，考虑空间时应该仔细分析角色动作以及动作与相关道具的联系，让主要动作不受视觉干扰，并在此基础上提供具有吸引力的

图 4-6

图 4-7

构图和光影色彩（图 4-8）。

通常，动画初学者往往是从自己曾经经历的或者知道的地点、场景开始来创作动画空间的。他们会不自觉地将角色放置在某个场景或者道具周围，而并不是从角色表演角度出发把场景或道具放在角色和故事所需要的地方。这样做会浪费制作成本，让角色在运动时花费很多不必要的时间，对于运动和动作而言，这样的设置是很不合理的——除非剧情需要角色浪费时间在场景和道具间徘徊。所以，我们不要忘记，首先要分析空间的功能参数，行动会发生在什么地方，需要什么角度呈现，机位在哪里，然后设计出最高效的运动路线及相配合的场景、道具。

图 4-8　学生作品

二、定义作品情绪

我们想要为一个作品创建一种怎样的情绪？是在白天还是晚上？是在一个欢乐温馨的地方还是一个凄惨恐怖的地方？气氛如何？空气的质量如何？空气的温度如何？当这部影片一开始，观众所有的印象、情绪、感觉和戏剧效果便随着场景的肌理、颜色、光影和其他的场景设计元素被营造出来。

1. 肌理

场景中所有的东西都拥有自己的肌理。一张有着坚硬表面的桌子、一片平滑的花瓣、粗糙的街道砖块……肌理有很多种，织物、纤维、谷物、纹理图案、弹性、硬度等，视觉可以观察到的肌理为世界上的每一样东西提供质地信息。这些肌理参数的数量和复杂性决定了场景的真实性和细节性。肌理和细节展示得越多，这个场景就越有质感，对于观众而言，场景就越真实。所以，在架构故事时，创作者必须拥有良好的视觉想象力和视觉体验，将场景中的肌理特征反映在故事中，为故事的最终视觉化呈现提供最直接的元素来源。不过，需要提醒的是，肌理的最终视觉呈现并不总是写实的，很多时候抽象和简洁的美术风格无法以客观方式表达出场景的具体肌理效果，但是对于优秀的场景设计师来说，他们会准确把握场景的整体氛围，呈现一种抽象意义上的客观具象的场环景境。所以，也可以说，肌理的真正功能在于架构故事发展的环境和气氛。

2. 颜色

我们在场景中使用到的颜色就是场景色彩。有些颜色源于自然也用来表现自然，草地是绿色的，天空是蓝色的，木板是棕色的，等等。还有一些颜色源于人的本能、心理和文化联想，用来创建情感。比如，绿色象征着自然、生长和重生；但是它也同时意味着稚嫩和缺乏经验。颜色为何能够产生出如此多表达的可能呢？丰富的情感知觉往往跟颜色的饱和度和色相有关。黄绿色意味着疾病，深绿色是野心，纯绿色代表健康、安全和大自然。颜色具有与其相对应的知觉体验，红色和黄色是温暖的，绿色和蓝色是凉爽的，灰色是中性的。好的色彩设计要求创作者能够正确、敏锐地理解叙事的情感基调，并用准确的色彩和调性来推动故事的发展。

红色：温暖、丰富、能量、兴奋、色情、浪漫、焦虑、愤怒。

橙色：热量、健康、活力、兴奋、雄心勃勃、着迷、异国情调、浪漫、有毒。

黄色：快乐、能源、开心、天真、谨慎、懦弱。

绿色：重要、成功、健康、肥沃、安全、无经验、嫉妒、不祥的。

蓝色：稳定、平静、忠诚、可靠、真诚、被动、忧郁、寒冷。

紫色：明智、高贵、独立、神秘。

白色：无辜、优秀、纯洁、干净、冰冷。

黑色：优雅、正式、强大、权威、危险、邪恶、悲伤、死亡。

我们场景设计中的每一个部分都有一个由不同色彩组合而成的调色板，这个调色板的大体基调定义着场景的情感基调。场景中的色彩会随着故事的展开保持一致性，也会随着角色情感的升华或低落而改变，在高潮部分色彩设计还需要对故事进行有力的渲染和推动。色彩设计的根据完全是建立在故事叙事情感基调基础之上的。与真人电影不同，在真人电影的美术设计工作中，美术设计人员主要是对客观场景、道具进行艺术化加工，从而营造整体叙事环境，达到最终服务于电影叙事的目的；而动画创作中（传统二维动画和计算机三维动画），画面中的一草一木都是人类主观表现的产物，因此对色彩设计拥有完全的控制力，只要与造型和叙事配合合理，完全可以用橙色表现大海，用黑色表现雪花。例如，版画风格动画中，黑与白就能够阐释全人类和全世界。所以，对于动画剧作者而言，文字中的情绪和色彩感是对色彩设计最有力的指导，也是保证画面能够顺利完成叙事任务的重要环节。

3. 光影

可以说建立作品情感基调最重要的元素就是光。许多摄影家认为光好比是画家油画布上的笔刷。光可以突出或者掩饰重要细节，勾勒轮廓形状，或者控制方向。光线通过强度和质量控制着气氛、基调、戏剧场景。光的质量通常被描述为强或弱，强光的特点是通过高度对比的亮光和阴影及锐利的明暗边缘来表现。强光创造能量、兴奋、悬疑和张力。柔光的特点是低对比度和柔和扩散的阴影，柔光通常用于非常自然的环境，需要相对柔和均匀的照明。柔光是平静的，它还可以提升和保持美感、魅力、纯真、宁静和浪漫。

光的强度是指场景中光的整体亮度和相对阴影数量。光强度分为高调和低调。低调照明的场景是黑暗的，也是高对比的，通常是黑暗中只有一个光源，并且可以明显看到光的形状和方向，从亮到暗的过渡是快速的。最常用的就是夜间或暴雨天气环境，前景物体看上去只有剪影轮廓。并且，低调照明还可以创建一种疏离或者悬念的情绪。许多恐怖片或惊悚片都通过使用低调照明来创造不详的预感。低调照明也能被用在唤起悲伤、孤独或抑郁心理的场景中。

高调照明则是明亮的光影，低对比度，与白天相关联。高调照明经常给人一种愉快、富有能量的氛围。但是当环境过于明亮时，高调照明也可以让人觉得刺眼、眩晕和燥热。一些室内场景可以使用高调照明，例如办公室、杂货店、医院和研究所。光在这些环境中是平面的，从前景到背景的亮度损耗很小，给观众以干净整洁的环境氛围。

事实上，我们对场景中光的选择是很主观的。在大多数我们所习惯的情况下，明暗之间是平衡的，中间是灰色过渡地带，这样的场景是一种常态。不过我们可以通过改变光照条件来烘托场景中的矛盾冲突和戏剧情绪。例如，我们可能会考虑使用强光和低调照明来表现夜晚惊慌失措的追逐场景，或者我们也能使用高调光和柔光来表现一顿慵懒的乡村野餐。

另一个影响光能量的因素是场景的颜色。所有的光都是有颜色的。室内灯光往往偏黄色，而阳光是白色的。荧光灯是偏绿色的，显示器和电视机发出蓝光。光的颜色会影响作品的情感基调，创建出自然或人工场景。在学生作品《*The Hunger*》中运用了低调和高调两种场景的光照效果，将故事清晰地分为了两个部分（图 4-9）。在这个讲述未来人类生活的短片中，前半部分用低调环境场景表现高度依赖计算机技术的人类在电力中断后饥饿难耐，甚至无法维持生命的基本需求，微弱的火烛光源唯一能给角色提供的是幻觉中的大餐，无助和绝望是这部分的主题；短片后半部分，电力恢复后，全片高调环境场景，采用浅灰和白色的主基调，以及柔和的光影效果，展现了高科技给予人类的周到快捷的完美生活。全片两部分强烈的色调对比不禁让观众心生恐惧：高科技最终会挽救人类还是毁灭人类呢？这样的光影设计较好地烘托了全片的主题，令观众印象深刻。

4. 设计元素

场景构成元素中的线条、形状、大小、比例和方向，可以传达很多具体意义，也可以确定场景风格。由有机体形状组合成的场景环境与由几何形状组合成的场景环境给观众的直观感觉差异很大。曲线、直角和水平线表现出静止和稳定感。斜线、突出的边缘、重复的垂直线和一些极端角

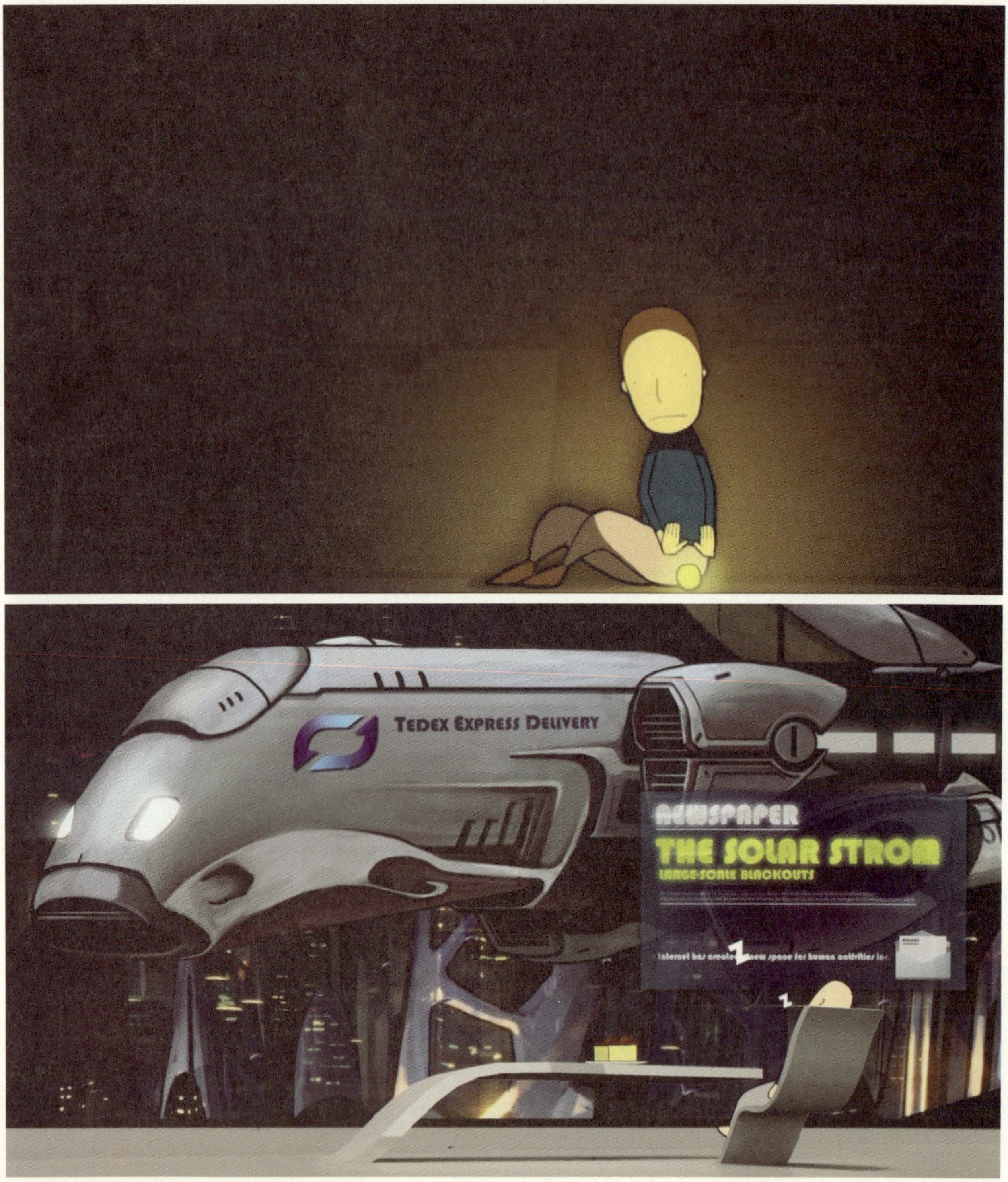

图 4-9

度会创造出力量和紧张感。在第七届奥斯卡最佳动画短片《父与女》(*Father and Daughter*,2000)中,导演迈克尔·度德威特(Michael Dudok de Wit,1953—)所表现的浓浓的女儿对父亲的爱恋和思念可以从画面的植物、吹动的头发、骑车的姿态等有机场景细节中被体现出来,具有强烈的自然主义风格，带给观众一种黯然神伤的温馨情怀（图 4-10）；而他那获得 1995 年法国凯撒奖的作品《和尚与飞鱼》却采用了几何形状作为主要的视觉表现风格，场景中规则的梯田、酒坛和大块几何体的寺庙结构，甚至角色造型中小和尚那圆形脑袋和三角形身体，这些几何造型极具可识别性，勾勒出简洁、抽象却又轻松诙谐的叙事氛围，短片少了几分自然主义，却多了几分抽象和装饰趣味（图 4-11）。

三、支撑故事

一切关于场景的东西——道具、空间、质地、色彩、光影，都被融合进概念设计和细节设计中支撑整个故事，并通过作品的时间、类型和风格与观众见面。场景设计风格大致分为写实、抽象、讽刺、卡通、夸张、有机和几何的。不要炮制跟别人一样的所谓个性，也不要让作品风格过于陈腐，要选择一种最好的风格来加强角色的

图 4-10

图 4-11

塑造并讲述故事。

在概念设计阶段，场景的展现主要是通过速写、写生来进行背景创作的。这是一个协助故事叙述的艺术工作。这个阶段的重要性在于需要设计者能充分渲染出气氛、光影和作品基调，从而为观众创建出悬念、好奇和兴趣感。对于短片，我们希望场景的视觉表现能够以最快速度将观众带入到故事中，跟角色设计一样，场景设计需要有明确的视觉兴趣点，引起观众渴望了解更多的欲望。例如，法国疯影工作室出品的另一个短片《糖》(*Sucré*，图 4-12)，故事讲述一位女子在森林中享受着平静与安逸的生活，偶然一天被鬣狗引诱来到一个神秘山洞，好奇心促使女子进入山洞，她看到了从未经历过的景象，一只大河马在做各种诱人的糖果和甜点，女子坐下开始享受美食，并沉迷其中，河马也趁其微醺之际占有了她，当有一天，女子想离开洞穴时，她发现自己的身材已经无法通过洞口，她只能眼睁睁地通过窄窄的洞口看着原来那片自由绚丽的树林，而那只属于河马的鬣狗忠诚地守卫在洞口。最后的结局让观众豁然开朗同时心有余悸。短片只有两个场景，洞外的五彩绚丽的树林和沉闷幽暗的洞内。从场景设计来看，显然短片力图从视觉上引导观众认可色彩斑斓、轻松愉悦的树林，而对洞内的环境产生厌恶。这种情绪的渲染就是为了配合整个故事叙事的发展而设计的。事实上，动画短片对场景的要求相对于影院长片来说更倾向于对环境氛围的把控，而非细节的刻画。当然，细节刻画是构筑环境氛围的重要内容之一，但是对于总长度只有短短三五分钟的动画短片来说，通过场景和环境的视觉暗示来对情节发展作铺垫是在有限时间里顺利讲清楚故事的重要方法。因此，我们在构思动画短片故事的时候，尽可能用文字将故事发展环境和氛围清晰地勾勒出来，有条件的情况下，附上概念设计图或者类似的图片，以帮助前期设计进行进一步创作。

图 4-12

BZXJ 本章小结

角色的设置：

● 一个好的角色应该是可信的、唯一的并且让观众记忆深刻的。

● 理解角色之后才可能创造出令人信服的行为反应，从而构建合理的矛盾冲突。

● 角色不是凭空捏造出来的，而是来源于故事大背景和一系列相关角色。

● 角色的个性是由角色的各种行为表现来构筑的。

● 当故事涉及两个或两个以上的角色时，一定要注意角色之间的关系、地位和每个个体的行动目标及差异。

● 清晰故事究竟以哪个角色为主体。

● 角色需要变化。无论是生理上、心理上还是精神上，随着情节和矛盾的展开和结束，角色都需要随之改变。

一个好的角色设计应该具有以下特征：

● 快速可识别性和关联性。

● 易于认知的形状或轮廓。

● 充分体现角色个性特征。

● 丰富故事内容的生理特征。

● 能够完成故事需要的动态。

● 具有观赏性和娱乐性。

一个好的地点环境应该具备以下特征：

● 为角色表演、道具以及空间运动提供合理的舞台。

● 通过肌理、色彩、光影和其他构成设计为动画短片定义情绪基调。肌理定义真实性，色彩定义情绪，光影定义氛围、影调和戏剧性，构成设计定义视觉暗示、意义和风格。

● 支撑故事架构。

● 将观众快速引入剧情。

第五章 创作故事

在这一章里，我们将讨论创作动画短片的策略和方法。在创作一个动画短片之前，我们需要仔细思考以下六个问题：故事主题（或者是中心概念）、角色、场景、故事情境、戏剧冲突和故事结局。

前面几个章节的论述已经涵盖了故事主题、中心概念、角色、场景、情境、戏剧冲突和结局的相关内容。在这个基础上，我们需要一个故事构想的前提。用这个前提来简要概述角色、情境以及戏剧冲突，简要到只有一两句话。前提之所以重要，因为它是构建故事后续发展的基础。在本章中，我们需要学习如何设置故事背景，建立故事架构，创造戏剧冲突和高潮，以及具有解决问题和理解问题功能的结尾。

事实上，每一个故事都是独一无二的，每一个故事也都存在各自不同的问题。用我们在这章中讨论的方法，大家就可以对自己故事的完善程度进行基本判断并纠正一些常见问题。存在最多的问题是，我们在构建故事时，不断为故事添加内容，包括更多的角色、更多的矛盾冲突、更多的道具、更多的场景等，而这些东西很可能在不知不觉中改变着故事的核心内容，让故事逐渐演变成一个距离我们初衷非常遥远的一个全新的故事。有些人也许觉得这是一件好事情，其实不然。因为在每一个构思的过程中，我们都抛弃了自己的预定轨道而重新开始另一段征程，这是极其浪费精力和时间的。因为每一个新故事都需要仔细打磨和解决无数细节问题。如果在解决问题的过程中不断重起炉灶，就会陷入一个怪圈而一无所获。但是，反过来说，我们在建构一个故事时，思维过程一定是螺旋上升的。也就是说，在解决不同问题的时候，故事会发生变化，而变化就意味着故事的丰富和完善。我们需要做的是，首先要清晰并且深刻理解自己的故事概念和主题，继而在元素的添加过程中丰富故事。在新情境、新选择中必须以故事概念为前提进行情节和元素的筛选，为了作品的叙事统一进行勇敢的删减和取舍。总结一下，故事创作的过程就是不断产生新的选择，在坚定主题的前提下探索其可能性，并为自己的作品果断地删掉某些不完美的部分，或者割爱某些虽然精彩但脱离主题的部分，并一遍又一遍地重复这样的创作过程。

可以说，所有的故事都开始于期望和热情，在某一个点开始碰到犹豫和挫折，然后在突破中找到灵感，使整个故事完整。要知道这些正是我们创作故事的价值。

第一节 ⊙ 发展故事前提

当我们拥有了一个故事前提，我们总会迫不及待地去构思故事中的矛盾冲突和重点情节。但是，切勿急躁。我们需要仔细思考这个前提是否能够最确切地表现我们的想法。怎么理解这个想法呢？也就是说，当我们想创作一个动画短片时，我们肯定有一个想法需要传达给观众。根据这个目的，我们需要找到最好的方式去表达，当然，我们同样需要确定这种方法是现实可行的。

一个好的动画短片往往只有一到两个角色，有限的场景和一个不断深化的矛盾冲突。如果现在我们发现自己的故事中有很多的角色、场景和矛盾冲突，那么赶紧动手简化、分类、整合甚至删减它们吧。

一、角色

大部分情况下，我们都会在构思故事的同时头脑中出现一个角色，也许这个角色并不清晰，但是会有一个大概的样貌。事实上，这时候的角色往往很普通，或者说缺乏戏剧感。在构思故事前提的时候，我们就需要给角色尝试多种可能性，来发挥和拓展故事的前提。

在思考角色的过程中，切忌仅仅纠结于角色的外部造型，最先需要明确的是，我们究竟想讲述一个怎样的角色。这个角色是强悍的、懦弱的、喜感的还是悲情的。角色的感情基调是与故事完全一致的，换句话说，角色就是一个我们表现故事的载体，因此他们与故事情节一定要完美融合；在确定了角色的情感基调后，进一步需要思考角色的另一面性格特征。例如，如果是强悍的角色，他们的性格弱点是什么；如果是懦弱的角色，要思考他们的其他优点，善良、执着或者忠诚……这样具有多面性格的角色就逐渐开始呈现出来；但是仅仅有了立体性格还是不够的，接下来需要考虑角色有什么不一样的生理特点，这需要配合故事叙事，给角色赋予具有动画特征的独特的元素。例如，长翅膀的人，长腮的可以在大海里生活的猴子等。当然这些特征也是可以转变的，由长翅膀的人变成正常人或者由正常人变成长翅膀的人。这些富有戏剧性色彩的特征会给角色赋予唯一性和趣味性，同时对故事前提来说，提供了故事发展的依据和可能性。

二、故事题材

有的时候运用不同的题材会使同一个故事情境和戏剧冲突变得更加有趣。不同的题材包括：纪录片、动作冒险、未来科幻、恐怖片、喜剧片、体育、西部片、音乐电影、战争片、幻想片等。把我们的想法融合到各个题材中去，激发更多有创意的叙事。除此之外，我们还能将诸多形式整合到一个作品中，不过这种做法在影院长片动画中使用较多，因为有充足的时间添加多元化内容。例如，《美丽城三重奏》里就加入了纪录片的形式元素。在短片中，多形式的融合需要更为精巧的衔接。最核心的要素在于，任何形式都是为内容服务的，清楚完整并有趣地讲述故事才是我们创作的目的。

三、时间和场景

很多短片在最初构思时，它的时代背景都是当代，场景也是创作者所熟悉的。原因很简单，因为这是创作者想说的故事，我们不断被告知要创作自己所知道的东西。这样的东西才能传递真实。这一点是完全正确的。但是，我们也不妨试试看，将时间和地点进行大胆的转换，也许有意思的情节就出现了。

可能在创作开始阶段，短片的故事环境被设置在一个当代时期中，构想了一个非常像作者的角色。这是因为短片是关于我们的。然而，有时候随着故事的不断发展和优化会引发时间或地点的变化。例如，把现代人的思维和行动加在原始环境及原始人身上，于是成就了《疯狂原始人》(*The Croods*, 2013)；将机器人放置在遥远的未来地球，于是成就了《机器人瓦力》(*Wall·E*, 2008)和《机器人9号》(Nine,2009)(图5-1)。

图 5-1

四、叙事视角

在创作之前，每一个创作者在心目中都很明了这是一个关于谁的故事。关于谁的故事和用什么视角是不一样的。从不同的角度来叙事会产生完全不同的情绪效果。所以我们可以尝试转换叙事视角，看看是否可以变成更好的故事。以主角自己的视角来讲述？通过主角周围朋友的眼睛来讲述？或者由老师、母亲等具有权威的人物来讲述？或者由陌生人、过路人或者操场上的人来讲述？甚至是由身体的某个部分来讲述？我们应该选择最容易与观众产生共鸣的视角，或者是非常有特点的视角来讲述我们的故事。

第二节 ◉ 故事的叙事结构

一、基本线性叙事结构

正如“英雄之旅”是大多数励志电影的基本结构一样，动画短片也有一个基本叙事结构。

1. 概述

主要角色和场景已经出现。无论角色是否有缺陷，我们马上会知道他们是谁，他们想要什么。

2. 导火索

意外的发生让角色开始某种行动并追求某个目标。

3. 矛盾升级

在主角追寻目标的过程中出现了一些阻碍行动的人和事。故事唯一的矛盾冲突不断被激化。在短片中，通常使用 2 ~ 3 个事件来激化矛盾就够了。

4. 危机时刻

这是主角最低落、矛盾冲突最激烈的时刻。角色在危机时可以有一系列反应，做出重要决定，发现重大秘密（问题），找到具有魔力的力量或者领悟到某种重要概念等。

5. 高潮

这是主角与对手直接冲突的时刻，主角除了迎接挑战别无选择。主角必须有大的行动。在动画短片中，危机和高潮可以融合在一个事件中完成。

6. 矛盾解决

主角成功或失败了。在影院动画中，我们往往采用喜剧或大团圆结尾，但是动画短片中的结尾可以更加犀利和个性化，所以只要能表达出我们的想法，任何情感色彩的结尾都是可以成立的。

二、叙事结构的变化

在动画短片故事创作的前期，我们可以用很少量的精练句子和一些重点细节来勾勒出故事的大体叙事架构，并且检查在这个结构中角色的目的是否明确，导火索在哪里，矛盾冲突是否激烈，有多少事件来激化矛盾，角色领悟到什么，结局如何，结尾是否为故事提供了问题的答案。

以上的线性叙事结构是最基础、最传统的叙事方式，事实上，即使是动画短片，我们也可以在这个基础上有很多的变化。

1. 平行结构

在平行结构中，同一时间内发生两个或两个以上的事件。通常这些事件会交集到一个点。

2. 环状结构

在环状结构中，故事从开始发展到结尾之后可以进行下一个循环。例如，在《坠落的艺术》（*Fallen Art*，2005）中，一个又一个的士兵因为将军内心深处儿时的音乐梦而惨死，只要将军的梦没有停止，杀戮就不会停止（图 5-2）。

3. 汽车站结构

斯坦·霍华德形容这一结构类似在故事段落发展中不断有重要配角出现并离开。“有点像大家在坐巴士的过程中，人们上上下下。”通常这些

图 5-2

图 5-3

配角可以帮助主角解决一些问题或者同时制造一个问题，或者提供某样信息。虽然他们都是小角色，但是没有他们，故事将不能进行。

4. 乒乓或迂回结构

在这样的结构中，角色在相似的障碍面前迂回尝试解决问题。这种情况下，通常旧的障碍物（事件）离开而新的障碍物（事件）出现。例如，在《和尚与飞鱼》中，和尚费尽心机想要抓住鱼，整个过程其实一直是在螺旋性重复，结果总是一样的——抓不到鱼，不一样的是地点环境和方法有差别（图 5-3）。

下面我们依据以上四种叙事结构来分析一下 2006 年奥斯卡提名动画短片《恰卜恰卜》（Chubbchubbs）：这部短片综合运用了以上介绍的一些叙事结构。我们可以通过这个案例来了解一下不同的叙事结构形式是如何推动情节发展的。

（1）情节概述。

在《恰卜恰卜》中，一个名叫 Meeper 的保洁员正在外太空的 Ale-E-Inn 酒吧打扫卫生。Meeper 梦想着自己能够像酒吧里的女主唱一样唱歌。当女主唱正在引吭高歌一曲《尊重》时，Meeper 不小心踢倒了水桶，导致麦克风和主唱一起触电。随后，Meeper 立刻就和拖把、水桶一起被踢出了酒吧。当 Meeper 正坐在酒吧外沮丧时，Jar Jar Banks 爬上来告诉他 Chubbchubbs 要来了，然后昏倒了。

当 Meeper 正在奇怪 Chubbchubbs 是谁的时候，他看见了一阵烟云和一个外星人军队正在接近。他以为这些就是 ChubbChubbs，就赶紧奔向酒吧警告客人们。Meeper 猛地推开门还没来得及说话，所有的客人都惊呆了，因为他用力过猛把主唱压在了门后。Meeper 又一次被扔出酒吧，并且有人从里面把酒吧门锁住了（图 5-4）。

图 5-4

烟云越来越近，Meeper 爬上房顶去警告客人们，可是不幸掉下来又压倒了主唱（图 5-5）。Meeper 感叹自己实在太过倒霉。此时，另一个人冲进门通报 Chubbchubbs 要来了，所有的人都惊恐得四下逃窜。

图 5-5

Meeper 试图维持秩序让大家冷静下来，可是正在逼近的烟云也让他感觉到了恐惧。正在这时，他突然发现几只天真可爱的小鸡还在地上啄食，丝毫没有意识到危险的临近。正当他设法把这些小鸡藏到桶里时，外星人军队到了。Meeper 急中生智问:“我们能交个朋友么？” 并放声高唱“为什么我们不能成为朋友？”而外星人头领却用武力威胁回应 Meeper。

此时此刻，那些被 Meeper 力图保护的小鸡从桶里出来开始攻击外星人军队，保护 Meeper。它们才是真正的 Chubbchubbs。硝烟之后小鸡们开心地跑到 Meeper 身边，Meeper 毫不犹豫地接受了小鸡们的友谊。在小鸡们的支持下，Meeper 终于像主唱一样在酒吧放声高唱，所有的客人都在 Chubbchubbs 的威胁下为他喝彩。

(2) 平行结构。

外星人军队的逼近与 Meeper 尝试返回酒吧同时发生。而外星人军队的逼近又推动了 Meeper 尝试返回酒吧的情节变化。

(3) 汽车站结构。

Jar Jar Banks、外星人军队和最后宣布 ChubbChubbs 即将到来的角色都是偶然进入故事宣布重要信息后消失的。这些角色可以相互置换，对故事发展没有本质影响，但是没有他们的推动，故事就不能发展。

(4) 乒乓或迂回结构。

Meeper 无意中伤害了主唱（可以理解为 Meeper 在不知不觉中消除了他梦寐以求的竞争对手)，然后被扔出了酒吧。第二次他推开酒吧门撞倒了主唱，Meeper 又被扔出酒吧。第三次他从天而降压住了主唱，之后他又因为惊慌失措逃跑的客人们而被迫跑出酒吧。

(5) 环状结构。

这个短片中环状结构出现的不多，主要体现在酒吧的顾客行为具有重复性。起初，他们为主唱喝彩。最后，他们为可怜的低声唱歌的 Meeper 喝彩。这有助于成为一个完整结局(图 5-6)。

综上所述，现在我们可以理解叙事元素的线

图 5-6

性结构和构成故事的方式了。只有了解叙事结构变化的多样性，才可能使我们的故事得到更丰富的发展。那么接下来我们是不是就应该开始创造矛盾冲突了呢？事实上，还不是时候。在我们写出矛盾冲突的发展过程之前，我们需要知道究竟是什么引领着这个矛盾的发展，换句话说，在设计矛盾之前，我们需要知道故事的解决——结局。

三、结局和开场

构思一个好的结尾其实很难。大部分故事都是顺利并且有条不紊地进行和结束的，但是往往结局很平淡。一个出色的结局对于创作者来说是一个巨大挑战，它需要我们思考可能发生的各种情境，寻找改变角色甚至改变观众观念的那个切入口。所以，最好的结局是，它让角色和观众都有所触动、有所改变。

詹姆斯·莫库利奥认为，只有我们真正明确了故事结局之后才可能创作出有意义的开场，并且对矛盾冲突的设置产生有价值的指导作用。为了明确结局，我们必须理解创作作品的真正意义所在——主题、概念、动画作品理念的传达。因为作品的主题和意义指导了问题的解决，而主题又是通过故事架构和故事高潮被揭示出来的。无论角色具体领悟到了什么，对于作品来说，它始终要对观众阐述一种观念。角色所做的决定，他所选择的反抗行动等都直接决定了最终结局。

例如《怪物史莱克》中，史莱克心碎地坐在沼泽里，驴劝说他应该勇敢地向菲奥娜表白自己爱她。史莱克意识到自己渴望并且应该得到爱（点明主题）。于是他鼓起信心打败了法魁德，最终赢得了菲奥娜的爱情（行动决定了胜利的结局）。在《恰卜恰卜》中，当Chubbchubbs打败了外星人军队回到Meeper身边时，Meeper突然发现原来自己也能够获得尊重。他决定用这种力量来实现自己的梦想。

在最终的解决和结局中，无论角色是成功还是失败，都需要符合自身以及观众的情感起伏。结局与这种情感期待的精彩契合之处在于，在顺应角色和观众情绪起伏的同时又发生了意想不到的结果，这就是所谓的“情理之中，意料之外”。

在《怪物史莱克》中，当菲奥娜终于找到了理想中的真爱，菲奥娜自己以及我们观众都期待她会变回美丽公主的样子。可是在片中她却变成了一个跟史莱克一样的怪物。不过菲奥娜不伤心，因为这是她的真爱史莱克的样子。结局中我们只能预测史莱克与菲奥娜最终能够走到一起，因为，片中的结局并没有给予我们明确答案，这样的结局既符合了叙事需要，同时又具有了不可预知性。在《恰卜恰卜》中，故事开场没有直接表明Meeper和Chubbchubbs之间的友谊究竟具有怎样的实际意义，但是当我们在结尾处看到，尽管Meeper唱得很难听，但是迫于Chubbchubbs的威胁，所有的观众都勉为其难地捧场。这个很符合小人物Meeper实现梦想的励志结局，但是也同样出其不意地让大家领略到一丝现实的幽默。

当我们获得了一个结局，我们终于可以得到一些关于故事开场的内容。

在《恰卜恰卜》的故事开场，Meeper被描绘成一个酒吧里职位最低的清洁工。当他在酒吧里工作时，通过听到他与顾客的交谈，我们知道他很有爱心、乐于助人并且热爱自己的工作。他的梦想是站在舞台上成为受人尊敬爱戴的主唱。此时此刻就如同原唱艾瑞莎·弗兰克林正在舞台上献声《尊重》一样，故事主题被点亮。

Meeper正幻想着自己的演出，把扫帚当成麦克风尽情歌唱，结果不慎踢翻了水桶，一连串事故后，他却意外地消灭了自己的偶像（竞争者）。他被踢出酒吧后用“这只是让我休息一下”的语言表现了他的执着性格。通过这个例子我们可以看到，如果不知道最后的结局，我们就写不出这个开场或者选择《尊重》这首歌。Meeper 在 Chubbchubbs 的帮助下实现了自己的梦想，获得了渴望的尊重，尽管这是一种伪装的尊重。

四、寻找结局

有两种方法来找到一个结尾：笔直向前和策略设计。

1. 笔直向前

在这个方式中，我们需要从前提开始勾勒故事，通过不断提问来构建情节，例如，“下面会发生什么呢？”问题会一直问下去，直到结局出现，解决所有的问题。有时即便我们觉得已经获得结局，我们仍然需要多问几个问题来延续结尾，因为有些时候最好的答案要比赛程的终点再远一些。

这是一种很直观并且很有用的寻找结局的方法。我们通常会沿途构建许多情节，并一遍又一遍地尝试。困难的地方在于需要勇于对冗长庞大的故事进行大规模删减和精炼。在这个过程中，故事很容易遭遇迷失方向、失去焦点或者完全跑题的危险。如果我们在写故事时发现有类似问题出现，那么请尽快判断是开场出了问题还是故事本身出了问题。

如果我们决定采用这种方法来寻找结局，那么一定要对每次讨论会进行文字和视频记录。因为我们常常会忘记一些在创作激情到来时的精彩讲解或者表演，而这些闪光点对故事来说非常重要。

2. 策略设计

如果采用这种方法，我们需要集中精力研究故事阐述和故事意义之间的关联性。相比较而言，这种方法需要更多实验性和脑力风暴的工作。策略设计的重点在于以核心目标为中心，在结局、概念、视觉和情感方面进行多样化可能的探索。在进行复杂构思时，记着要把这些都画出来。因为动画短片作品是视觉呈现的，有时候甚至画面本身就会提前泄露故事结局，边想边画是进行结尾策略设计的重要辅助方法。视觉性画面在大众传播中是相当直接的。

五、非大团圆结局

在故事片中，大团圆结局往往是最终诉求。而在动画短片中，我们却很容易获得一个螺旋向下的、失败的甚至是悲情的结局。原因是两者的管理模式和预算金额不同。在制作短片时，独立制片人常常是自问自答，没有制片人因市场和票房对内容进行干涉；对于预算来说，至少在短期内，赚钱并不是独立制片人急于考虑的问题。因此，他们可以很自由地选择讲述的故事和讲述的方式。除此之外，动画短片需要极为简短的开场——在影片的 15 ~ 20 秒处就应该出现矛盾冲突的导火索——以及快速的结尾。这样的讲述速度使得观众受到的角色失败的负面情感冲击更为剧烈，特别是由角色失败而引发的对挖苦、讽刺或者黑色幽默的思考。

第三节 ⊙ 矛盾冲突的构建

现在我们知道如何开始和结束我们的故事，接下来最大的挑战就是如何构建合理并且吸引人的矛盾冲突。记住，在动画短片中，我们没有时间能够用来浪费，所以任何一个细节都不能偏离我们的故事焦点、角色目标以及任何角色所面临的问题。

有一个很实用的方法可以帮助大家构建矛盾冲突，那就是思考以下四个问题：矛盾展开方式、节奏强度类型、冲突中的角色以及故事中观众的立场。

一、矛盾冲突的展开方式

通常情况下，我们总是以一个悲剧性思维开始构思一个矛盾冲突。因此，很容易优先考虑“大问题”。事实上，并不一定要很大的问题才能够构成矛盾冲突。小小的瘙痒、普通头疼或者是轻微结巴都可以是构建冲突、激发灵感的上好材料。但是如果我们只是挠痒、吃止疼片和不说话，那么故事就平淡枯燥地结束了。在创作时，我们不但要构建矛盾冲突，更要将这个冲突深入和激化。例如，局部地方的瘙痒导致了全身瘙痒，然后引起扩散性皮炎，甚至住院；或者，瘙痒的部位很尴尬，一系列的小动作因为某个突然状况而被误解等。这样小问题就激化成了大问题，甚至是急迫的问题。在故事中，矛盾冲突应该按照可预知的方式展开。

1. 合并性冲突

这种冲突类型的前提是以每一个独立冲突之间具有相似和相关性为基础的。冲突的合并遵循以下两种模式：骨牌效应和连锁效应（一）。在骨牌效应中，一个问题会引发一连串类似问题，加深冲突；在连锁效应（一）中，一个问题会引起另一个问题，但程度会加深。如同溪流汇聚成河，然后汇聚成瀑布一样。例如，一个大雪球滚下山坡，朝着山脚小木屋滚去。大雪球碰到一颗树然后被拦截成两个雪球继续滚向小木屋。两个这样的雪球不断变大，因为碰撞而分裂成了四个，依此类推，直到雪崩威胁小木屋。

2. 积累冲突

这种冲突的特点是，由许多不同或相互无关联的事件构成的数量众多或具有复杂性的多重问题。冲突的积累遵循以下三个模式：连锁效应（二）、涟漪效应以及蝴蝶效应。所谓连锁效应（二），是指改变一个事件将会导致多个后续事件的变化。这是网页设计背后的哲学，如果我们更改了一个页面上的标志，那么所有其他页面的标志都会自动改变。在故事中，这种效应常被用在时间和大事记的概念上。如果我们改变过去时间的某个部分，那么这个时间点后的未来都是不可预测的。涟漪效应是指一个事件导致了周围与其无直接关联的事件，并在发展中分散、升级、向各个方向扩散。一个法国的动画学院制作了一部叫《建筑》（*Le Building*，图 5-7）的短片。在这个短片中，有一个人在淋浴时唱歌。隔壁一个老妇人敲打墙壁想让他停下来。而撞击导致她的猫坠落窗外抓到了外面晾的衣物。随后猫又从衣物上被甩到了一个骑摩托车送比萨的男孩脸上。摩托车差点撞上了一辆公交巴士。公交巴士一头撞进了起重机的基座。躲过了公交巴士的摩托车男孩骑上了摩托车，由于颠簸，比萨弹飞出去，穿过了一个投信口，落在了一个浴室的地上。一个女人跨出浴盆，正巧踩到比萨，为了防止滑倒，她本能地抓住了旁边的架子。可是架子碎了，箱子飞了出去，砸在了起重机操作员的脸上。起重机操作员接着碰到了操纵杆，起重机吊着的大磁铁块发生了大旋转。磁铁吸起汽车并扔向了建筑，砸向了正在淋浴唱歌的家伙。这位老妇人回到了她的椅子上，并没有意识到建筑几乎是勉强立着的；此时此刻一辆载满尖叫乘客的公交巴士继续在转圈……在涟漪反应中，一个问题向四面八方扩散而导致很多矛盾不断激化，而这类矛盾在展开后通常是很难再被带回来的。所谓蝴蝶效应来自于一个由来已久的理论：如果一只蝴蝶在澳大利亚扇动它的翅膀将导致大气的微小变化，这对于世界的其他地方具有非线性和灾难性的巨大影响（飓风、海啸）。这里需要寻找事物之间多方面的联系，从而通过连续性线性反应来体现出关联性。

图 5-7

二、强化矛盾冲突

在短片中，大多数是合并性冲突。所有的冲突必须逐步增加强度直到角色进入危机时刻。需要强调的是，危机并不意味着非得是混乱或者灾难性破坏。危机只是意味着角色进入自己的最低潮，并且在危机过程中领悟到了什么，做了某个决定并最终解决了问题。这个危机可以很小，正如前面提到的，甚至只是一个小瘙痒。

在故事构建中存在一个常见问题，我们会为角色创造出很多需要克服的事件，但是这些事件的程度是平行的，并没有增强。因此，这样的故事矛盾就无法深入下去。

获得强化矛盾冲突的方法是用某种特殊方式来扩大问题的程度。例如：物理障碍、物理危险、心理危险、活跃性、能量、力量、竞争、完成、音量。这种合并性矛盾冲突会增加角色解决矛盾的难度。

三、矛盾冲突中的角色

故事是角色的故事。情节的发展不是靠行动展现或者矛盾需求来驱动的，而是靠角色对问题的反应行为来驱动的。进一步说，情节发展取决于角色是谁，其弱点和长处、历史背景、道德立场，他主要依靠逻辑还是情绪的方式，这些都会导致角色对问题产生生理上、情绪上、战略上、批判性的四类反应；角色通过只采取一种或者所有这些方式来探索不同的策略方式，从而解决这个矛盾冲突。这些策略方式包括：避免、防止、控制、谈判和攻击。这些策略取决于角色的思想和情感。思想和情感控制他们的行动和反应。当角色处于危机时刻，他们心底深处的某种情感很容易被唤起。那么如何使之陷入危机时刻呢？最简单的方式就是让他们失去地位或权力，例如失去控制力，不被接受，声誉扫地，失去自由，自尊和健康。

角色的情感变化发生在故事中的每一个小事件里，在最关键时刻把主角放置于岌岌可危的境地中。这些情绪的变化也被称为角色发展弧。每个角色在故事中的每个时刻都在思考和感受一些东西，这被称为“内心独白”。当我们理解了角色的想法和感受时，才能确定角色用某种最诚实可信的方式来回应冲突。我们也可以通过尝试使用不同策略来转变角色的内心独白，使之具有最强的娱乐性或感染能力。

如果我们在创作冲突事件上有困难，可以尝试这个办法，那就是写出或说出角色的想法。这有助于阐明故事需要往哪个方向发展，或者判断出角色、冲突是否已经偏离了故事的焦点。

如果我们知道角色的想法和感受，也就知道他正在做什么和做时的强烈情感。这会给角色行动提供重要性和力量性概念。当我们知道角色自己在做什么和如何去做的，我们就能在故事板上画出强烈生动的角色动态。

四、合理整合诸多矛盾冲突

最后我们需要理解，这些矛盾冲突与设置好的故事开端和故事结尾究竟是怎样的关系。重新回到我们故事的最基础结构上。前面我们曾经讨论过在故事的每个发展阶段都可能出现哪些桥段，但是，现在我们要研究的是这些桥段之间所具有的关联性。

1. 情节铺垫

角色的语言和行为都会展示其性格特征，建立起属于角色自己的人生观。

2. 煽情时刻

在面对意外状况时角色的反应决定了故事未来即将激化的矛盾冲突。

3. 矛盾升级

当阻碍增加，角色会尝试不同的方法克服或解决冲突。角色将如何行动和反应取决于情节铺垫和煽情情节的基调。对比是矛盾升级的关键。如果我们有一个正面角色，那么势必要让他们面对一个反面角色。举一个很简单的例子，如果要让角色在一个很高的架子上拿东西，那么这个角色就应该是矮矮的。对比也可以用于角色所做的决定及策略。面对不同的生理上的矛盾冲突和情感上的矛盾冲突，角色采用不同的策略。反应行动或委婉或强势。请记住，情感是推动故事的最强大的力量。当冲突激化、矛盾升级，角色的情绪状态也会不断波动。

4. 高潮

最大的危机也是最大的高潮。在这个部分，角色可以彻底改变自己一贯的解决问题的方法。如果角色非常情绪化，那么他很可能在这个时刻表现得极为冷静和理性。在最大危机解决过程中，角色学习或提升了自己，克服了自己的某些缺点。这些缺点是危机之前一直阻碍其发展的。只要挖掘出答案，就可以帮助他们成功面对障碍。应该说，角色领悟和学习到的概念将会使整个故事的主题更鲜明。

5. 结尾

结尾部分则是矛盾的解决部分。在结尾时刻，角色被改变了，主题被升华了。角色在情节铺垫时所构建起来的种种特质决定了他们的最终成败。无论结果如何，角色都已经被改变，与故事开端时的角色全然不同了。

第四节 ⊙ 故事中的观众

所谓讲故事，就是带领观众完成一段旅程，并在旅程的终点有所感悟。作为一个故事的讲述者，我们所主导的并不只是观众要去哪里，更重要的是他们如何到达那里。观众会从以下四个不同的角度来看一个故事：

（1）在故事的演进过程中，如果观众一直站在角色背后，他们知道的比角色还要少。这一点营造了神秘、惊喜或幽默感。

（2）如果角色所感受到的即观众所感受到的，这营造了悬念。

（3）如果观众知道的比角色多，这营造了故事的张力和戏剧性。

（4）如果观众认为自己了解的比角色多，但是事实也许并非如此，于是讽刺就产生了。

观众会在故事中的任何时刻思考和感受一些东西，这就是所谓的与角色的内心独白相对应的故事拓展独白。为观众提供他们渴望的拓展独白可以很轻松地让观众确立自己在故事中的位置，或者说移情。然后我们可以继续构建矛盾冲突来引导观众走完旅程。

拓展独白也可以用来测试我们的故事是否是按照我们希望的方式来发展的。一旦我们有了故事板或者样片，让其他人写一份他们感受中的拓展独白。仔细看看这份拓展独白与我们的初衷是否吻合？哪些地方让观众觉得乏味甚至讨厌？是不是早于我们的期望点就知道了结局？总之，要找出他们的理解和感受与我们想表达的不一致的地方。当我们把这些问题都清晰化之后，我们需要用不同方法来调整策略，或是重新组合一些元素，或是改变故事架构，从而保证故事能够更顺利地引领观众前往目的地。

第五节 ◉ 构建故事时需要问自己的问题

（1）角色是谁？

（2）角色的行动目标是什么？

（3）有煽情时刻吗？

（4）矛盾冲突升级了吗？

（5）角色在矛盾冲突中的反应（不是行动）是什么？

（6）角色需要学习什么？

（7）故事结局与故事开端是否有联系？

（8）观众感觉愉快吗？

BZ XJ 本章小结

好故事的出炉没有捷径，强大的角色和巧妙的故事结构、矛盾设置、情感铺垫和行为反应是构筑一个优秀故事的必要元素。此外，不停地推翻和思考故事，删减和添加元素，不断地尝试和研究关系与策略，这些耗时耗力的工作都是保证故事顺利诞生的基础。当我们来构思一个故事时，请记住以下关键点：

● 故事会变化。我们需要寻找讲述故事的最好方式。仔细思考角色、故事类型、时间地点和叙事视点。

● 多样化叙事结构会便于我们嫁接到不同类型故事中：线性叙事、平行叙事、环状叙事、公交巴士式叙事、乒乓迂回叙事。

● 在明确结尾的前提下构筑情节，并且要让结尾与开片相呼应、相影响。

● 构建矛盾冲突时，记得冲突的发展模式：复合式和累积式。

● 矛盾冲突必须逐渐增强。

● 矛盾冲突中的角色要尝试各种方式来解决问题。

● 角色对冲突的反应取决于角色的思想和情感。这被称为角色内心独白。

● 观众也被思维和情感驱使。这就是所谓的外部独白。

● 观众在角色和故事发展中可能处于以下四种状态：观众知道的比角色多；观众和角色知道的一样多；观众比角色知道的少；观众认为他知道的比角色多。

● 成功的故事往往需要通过探索各种可能性直到找到最好的方式来讲述和展现。

第六章

对白的目的

查理·卓别林、巴斯特·基顿等喜剧大师都拥有一种特殊能力，那就是用动作而非语言来讲述一个有趣的故事。一般来说，在动画短片中我们很少使用对话，因为夸张的动作和戏剧化行为完全可以替代毫无新意的对话，换句话说，在动画短片中，完美的动作表现可以让观众忽略对话在其中的叙事作用。所以，在学习动画创作的过程中，我们总是鼓励学生，不要依赖对话。忘记对话，让观众看到角色的一切，让角色的动作更生动、更具有表现性。

然而，我们总会遇到需要角色说话的时候。有时候观众需要听见角色们亲口说些什么来解除疑虑，从而更直接和有效地了解矛盾冲突，或者用一句话来简化那些冗长但是又很重要的情节。在这些时刻，对话对于推进情节的作用是不言而喻的。

有些时候对话中所说的内容并不重要，重要的是怎么去说。例如，在《坠落的艺术》开片中，长长的跳台上，上级对即将牺牲的士兵叽里呱啦说了一通，并给他们戴上彰显功勋的徽章，士兵非常认真、非常服从，甚至觉得自己牺牲得很有价值。这里的对话没有具体语言，没有人能听得懂他们具体说了什么，作为观众，我们只需要通过语调、节奏来感受角色之间的地位、位置关系，并体味到对话中的含义。此外，对话和旁白还可以加强作品的戏剧感。以山村浩二的著名短片作品《头山》为例，一个中年男人的声音肩负了旁白和对话的重任，用类似能剧的腔调来描述故事和表现对话，这样的表达极富戏剧感，不但渲染了观众的情绪，更从声音的角度将故事的讽刺和幽默发挥到极致。

在这个章节中，我们将解释对话或旁白是如何服务于短片叙事的，这样大家可以选择何时以及如何使用它。

第一节 ⦿ 对白的目的

一、设置情绪

一部动画短片可以从一段对话开始,母亲唱摇篮曲;恋人之间的耳语;女人撕心裂肺的喊叫;孩子们的嬉闹和高声谈笑;所有的这些几乎都可以被定义为环境音——就像风穿过树林,或者城市中的汽车的喇叭声一样,也许母亲在唱些什么,恋人在说些什么,那个女人在喊些什么,那些小孩在讲些什么笑话,观众可能会忽略,但是作为好的对白或者画外音设计,这些声音都应该具有特定含义,可以推动情节发展,预示作品的主题,或者建立一个故事的问题。一个好母亲怎么能唱重金属音乐给新生婴儿?什么情况下那个男人在大喊救命?小孩子们喜欢在哪里,面对怎样的观众来讲那样的笑话?

有时对话可以改变情绪。也许酒吧里的电视机正在播放一场拳击比赛。当两个男人开始在酒吧里争夺一个座位时,这场拳击比赛逐渐升温,并且体育播报员的声音似乎就在讲述酒吧里的这两个人之间的冲突。问题的关键是我们作品中所说的所有东西,无论是背景或前景的信息,它们都是有意义的,所以我们听到的背景信息也可以而且应该用来设置情绪。

二、揭示性格

当对白揭示了性格,就意味着这个角色所说的内容揭露了他们的目标、个性、需求、恐惧和变化。对话揭示角色性格有以下四种主要方式:

(1)揭示角色的目标和动机。

(2)揭示角色在面对某种境况时的态度。

(3)揭示对手的动机。

(4)揭示角色随着时间推移产生的转变。

三、推动情节发展

对白如何推动情节发展?除了角色的性格、思想来驱动角色行为之外,对白最能直接展示角色的情绪、想法和思考角度,从而通过对白内容、语音语调及语速来影响观众情绪。我们可以利用以下五种方式来设置对话,推动故事的情节发展。

(1)创建好奇心。通常最先出场的角色制造对话是最难的,因为他们必须迅速开启一段对话,没有时间去烘托情绪,但是有些角色很容易表达出创建好奇心的对白,吸引观众去了解更多故事内容。

(2)制造紧张气氛(通过力量的交换——社会、政治,或者物理方面的)。

(3)通过呈现新的信息来制造冲突。

(4)给我们展示一些我们没有预料到的东西。

(5)构建悬念并说明来由。

四、反复强调故事主题

很多情况下,当关键对白推动情节发展的同时,往往也同时暗示、强调甚至揭示了作品的主题。回顾在第一章第五节中,我们举了很多例子来讲述角色如何用对白来点明主题。

五、创造潜台词

潜台词似乎总是一个模棱两可、不可捉摸的概念。但如果我们把潜台词放置到情感层面上来理解就会变得相对容易些。初学者很容易犯一个错误,那就是将角色的全部所想用语言表达出来。这个做法的结果就是,角色的思想是空白的,角色的性格是苍白的。因此,为角色隐藏人格的某些特质,让观众通过潜台词来主动思索和揭露这些特质。这样的设置,不仅角色丰满了,而且帮助和引导观众真正进入到了故事中,而不仅仅是一个旁观者。

作为人类的我们在困惑之时很少能够准确地说出我们所思考的内容——这是因为情感的作用。请记住，在故事中，我们的角色在处于冲突之中时总是岌岌可危的。因此，情绪会波涛汹涌，因此对白的精确性要把握得恰到好处。角色往往并不会表达他们是怎么想的，因为这样做的结果只会有两个，要么角色会冒极大风险或者极为露骨和直接地去挑战，要么角色想说的话早就路人皆知。

第二节 ⊙ 如何使用旁白

有时我们会感觉旁白总是在打断故事的进程，唯一能解释的是，这个旁白设计得太糟糕。因此，作为剧本创作者，我们需要确保旁白所表达的一切内容是经过精心挑选并能有效推动情节向前发展的。好的旁白除了信息传达有效、有趣之外，是不能占用叙事时间的；反之，这样的旁白往往是用来压缩时间的，不会迷惑观众或透露过多信息，确保在旁白和镜头画面之间有一种平衡。但现实是，很多旁白成为了陈述，镜头画面成为了旁白的一种说明和解释。观众即便不看镜头画面也可以知晓完整的故事。如果我们遇到这样的情况，就应该思考哪里出了问题。因为动画是视觉艺术，我们不是单纯跟文字打交道，更是在一个可视的媒介中工作。因此，旁白必须支持镜头画面，但是不能主导镜头画面和视觉效果。如果我们发现自己正处于这样的困境中，那就需要为故事寻找另一种执行方式——删掉啰嗦的旁白或者干脆更换另一个故事。

请记住陈述和配音是有区别的。在电影《阿甘正传》中用旁白让阿甘回顾了自己的生活来揭示他内心深处的想法。在《头山》中，山村浩二使用了戏剧化的画外音对故事中的角色增加了另一个维度——使我们能听到一个怪诞的故事，但是看到的画面却揭露了远胜于旁白的人性思考。

第三节 ⊙ 对白的节拍、语速、节奏、语调与控制

仔细听，努力辨别声音的语调升降所产生的情绪感，这是剧本创作者能够有技巧地写作对白的重要基础。出现矛盾时，注意对白的语速和节奏；关注影片中出现的无声场景，即对白和旁白休止的段落。这些场景其实充当了对白的标点符号，可以加强故事的情绪和冲击力，可以给观众留有思考的时间，还可以给角色反应预留时间。

在设置对话时，把我们希望角色说的话写下来，然后通过各种方法去创造出我们想要的效果。扔掉剧本，即兴创作，尝试各种各样的角色和口气。如果可以，找些朋友和同学来帮助自己进行即兴创作。大声地说出来、喊出来、表现出来。声音和表演可以为动画片增色不少，甚至决定作品的基调。

第四节 ⊙ 音乐和音效的重要性

没有人会质疑音乐和音效与对话的功能完全不同。虽然语言可以传达出人物最深层的情感，但有时候，如果表演得好，语言可以无关紧要。

从某种程度上来讲，语言是配角。如果我们不像关注故事和角色那样去关注音乐和音效的设计，那么很可能导致作品一败涂地。

也许只是一个脚步声、玻璃的叮当声、敲铅笔的声音或雨滴敲打窗户的声音，这些细微的

环境音都需要在影片中一一体现出来，混合在一起就成为了模拟现实的听觉环境。同样，大自然、城市、办公室荧光灯，或是餐馆用餐周围环境的声音，这些也都需要体现出来。对于学习者来说，DVD 和网络中都能找到不受版权约束的音效。我们设定的音效必须严格服务于作品。如果需要德国牧羊犬的犬吠声，千万不要错用灰狗的犬吠声。因为我们无法想象观众的强大以及他们的细心敏感。

通常，先出场的角色会通过画面呈现给观众，而不是通过音乐和音效。一段符合角色节奏和语速的无版权限制的音乐通常在画面之后响起。但是，仅仅找到符合角色表演和语速的音乐还远远不够，它必须能够反映和支撑角色的情感起伏以及故事的情节跌宕。如果达不到这样的效果，这种音乐可能会让影片显得平平，甚至糟蹋了作品。

最好的办法是自己制作音乐。如果自己不会，找一个会的人帮我们。尽最大能力去制作影片，这将有助于我们未来的职业生涯发展。

BZ XJ 本章小结

对白起到以下几个作用：

- 设置情绪。
- 揭示性格。
- 推动情节发展。
- 点明主题。
- 创造潜台词。

在设置旁白时，需要注意两点：

- 不要打断故事，影响故事的流畅性。
- 不要仅仅通过旁白“阐述事实”，旁白是支持镜头画面的，镜头画面应该超越旁白，展现更多主题和内涵。

第七章

分镜头

漫画家、前迪斯尼分镜头艺术家、《花木兰》导演巴瑞·库克说过："除了绘画技能，对于一个分镜头艺术家来说，最珍贵的天赋就是想象力。在分镜头设计中发挥无穷想象力其实并不容易，一个优秀的分镜头艺术家往往可以在他们的画面中呈现出更多思考、趣味和韵味。成功的电影、漫画、插图小说以及日本连载漫画都是进行分镜头设计学习的良好范例，但是请记住原创性本身永远是最重要的。"

分镜头是影视作品在成形前的视听预演。它好比是一系列依据逻辑而排列出来的静态画面，这些画面不但可以呈现出故事的发展，更能够体现出影片的视觉风格。换句话说，分镜头是一张蓝图，它通过对每个镜头的细节刻画来绘制我们作品的整个视觉效果。对于庞大复杂的影视作品而言，分镜头是包括艺术和技术在内的所有团队成员进行沟通的最有力且有效的工具，所有的创作人员可以通过它非常直观地了解大家的工作目标。一般来说，分镜头只是创作过程中的工具和产物，一般观众只会看到光鲜的成片，不会注意到分镜头的存在，事实上，分镜头的好坏可以决定影片的生命力。因为分镜头中的每一个镜头都需要用来进行有效叙事，或者说，观众所能理解的故事全部依赖于镜头画面的呈现。对于画面的信息筛选、构图、镜头运动方式以及角色调度方式等，所有的技巧需要协同作战，这些都是影响有效叙事的因素。

第一节 ⊙
分镜头基础

一、绘画

有些分镜头是为个人化的独立电影来制作的，有些分镜头是为团队创作来制作的，帮助团队成员明了作品风格和大致样貌。这些制作过程中的分镜头往往是通过简单的缩略图来明确镜头顺序和逻辑关系。草图、带文字说明的角色造型、图表和箭头都可以作为帮助理解细节信息的工具。用来展示的分镜头可以让大家看到作品未来可能呈现出来的样子，这样的分镜头相对更为完整，制作更为完善，因为观看群体不一定是专业人士，所以画面必须清晰明确。对于用来展示的分镜头来说，传递影片风格和故事内容是最为关键的任务。绘制者需要在画面中创造出体积感、结构感、重量感，但并不要求繁杂的细节。事实上，在分镜头创作中，保持画面的简洁和清晰非常重要。在迪斯尼、梦工厂和华纳兄弟等多家动画公司担任过制片人和技术总监的老动画艺术家弗兰克·格拉德斯通说："我发现细节详尽的分镜头通常很难读懂，简洁明了比过于修饰更好。"

二、视觉想象力

事实上，有很多具有高超绘画技巧的人往往倾注精力于技法训练而不是大脑思维的训练。绘画要求有极强的观察力。画画的人通常都具有较好的洞察力和直观想象力，而且更容易通过视觉表达与他人沟通。这些艺术家往往不是痛苦于如何去画，而是纠结于如何去表达自己的想法。

用清晰的思路来表现形式、描述细节是一种非常重要的专业能力。当然，能够准确绘制出不同角度的透视图和空间关系也是很重要的。分镜头通常会表现一些特殊或者复杂的视觉角度，而且，表现出来的角色需要是运动中的并且是令人可信的。同时，分镜师需要绘制风景、建筑、机械、道具和一切自然界物质包括风、水和雾气等。所以，对于擅于绘画的人来说，他们具备了做分镜师的基础。

三、功能及艺术特征

尽管动画制作的技术和技巧已经有了长足的发展，但是动画仍然是一项制作缓慢、高成本的工作。一个短暂的镜头也许需要用几个月的时间来完善。不同于真人电影，动画的剪辑不在后期，而是在前期，因为我们没有精力、人力和资金可以用来浪费。在动画制作的前期阶段，我们需要极为细致地规划出我们希望成片里出现的每一个镜头，并在进入高投入的中期制作之前，将错误的、可以省略的或者不必要的镜头删除。分镜头的功能就是帮助我们来确认每一个镜头存在的价值、必要性和意义。好的分镜师甚至可以让分镜头来激发其他团队成员的艺术创造力。分镜头需要表达出动作、面部表情和空间环境。他们的画面将是角色设计师、场景设计师、设计稿制作者最直观的创作资料和依据。

"丰富和刻画动作是动画和分镜头的精髓所在。分镜头画面必须要比动画镜头更富有'情感'，因为它用静止来表达运动。"

——杰姆·斯多瑞（前迪斯尼影院动画故事艺术家，故事指导）

与真人电影的分镜头不同的是，动画分镜头经常需要展现出夸张和讽刺。动画角色可以以闪电般的速度运动，拥有突出于头部的眼睛，做出违背物理规律的行为甚至抵抗地心引力。动画师可以很容易就做到让动物说话，让角色飞翔，甚至最简单的像是帕特·沙利文(Pat Sullivan)的第一部动画短片《菲利克斯猫》(*Felix the Cat*, 1919)一样,其中也表现了菲利克斯在空气中画出音符并且使音符变为了一个滑板能够让他滑行离开。现在和将来,数字化电影技术将为电影的视觉表现提供无穷的可能,视觉表达的局限也会越来越小。对于分镜师来说,他们的创作将会更加大胆和自由。

四、电影语言

尽管我们可能是用铅笔或者电脑手绘板来绘画,但我们的工作其实是在创作电影(或者类似电影的视频),这就决定了我们需要了解电影和电影故事结构。市场上成千上万的电影、广告、MTV和视频游戏成为了一个包罗万象却良莠不齐的视频库。研究那些有影响力的电影作品是如何制作出来的;学习导演如何让观众理解复杂的情节和动作;分析导演如何能让观众感受到节奏,乃至产生各种复杂情感;学习导演选择怎样的方法给观众揭示某个信息,使我们战栗、窃笑或者打呵欠。

小说家希望读者能够从文字背后读到人物的内心读白。真人电影导演会通过灯光和镜头角度来表达这一切。而动画导演则可以利用空间的深度和阴影、有力的动作、象征性或指示性画面、强烈的色彩甚至抽象的构图来阐述这一切。所有的画面上呈现出来的图像以及他们的构成方式都属于电影语言。作为一个学习电影的学生,分析导演的选择非常重要。很值得利用的学习资源是那些电影的分镜头、DVD的附录部分提供的制作过程及花絮。在看电影的时候,快速记录下镜头画面,并特别标注出有趣的部分或者高潮部分。在看电影的第一遍,我们是普通观众,在后面的每一次回顾,都是我们专业分析的过程。这样的训练是对电影语言最好的培养,即便我们不懂得语法,也会有语感。跟学习口语一样,在很多沟通的时候,语感比语法更有价值。

五、摄影

摄影是指电影制作中的拍摄环节。在真人电影中,摄影负责协助导演获得叙事需要的镜头画面。在拍摄之前,分镜师需要预先画出这种"叙事需要的镜头",或者至少要画出相当近似的镜头画面来预演未来的影片。在动画中,光效、焦点、镜头变形等元素都需要通过创作方法来表达。我们越是理解摄影的原理以及摄影技巧,越能够在分镜头创作中融入更多的镜头真实感。

六、设计元素及图像序列

连绵的山岭、缓慢起伏的地平线,这些画面能给观众带来一种平静的直观感受;带有锯齿状棱角的岩石山可能会让观众感觉到危险和紧张;特定的颜色能够唤起兴奋状态;深邃狭窄并且昏暗的空间会让我们觉得幽闭。这些视觉元素都能够给观众带来直观的情绪反应。有许多不错的设计类书籍,大家应该去学习其中独有的设计原理。然而,更重要的是去研究这些原理在电影中如何被用来讲故事的。

如果我们说一张单幅的图片具有某种能量,那么一系列的图片就会形成一股能量流。这股能量流是可变的。或是渐强，或是减弱，或是突然停顿。这样的不同的能量来源于图片的叙事序列以及节奏。

一幅单张图片可以展现故事中的大量信息和情绪能量，比如一张哭泣的脸、一只触碰到手枪的手，或者一张空的椅子。但是对于分镜师来说，针对单一画面的设计和思考往往是无效的，他们必须围绕故事主题进行系列化的画面节奏设计。通过一系列设计元素的演变可以呼应故事的主题和情绪变化。或许可以由一个简单的图像开始，或许是一把空椅子。也许这把空椅子是想让我们感觉到孤独；或许是告诉我们角色在想念一个曾经在那里的人；或者这就只是把等待客人们落座的空椅子而已……分镜师需要考虑到这把空椅子需要表达的概念，然后将这个概念与观众进行交流。创作的镜头的设计能够为观众的情绪传递信息。通过紧密联系的前后镜头关系来塑造想法和情绪，进一步给观众提供反应条件。所以也可以说，分镜头艺术是选择展示什么和如何展示的艺术。

第二节 ◉ 分镜头设计流程

一、缩略图

几乎所有的分镜师在正式绘制分镜头之前都会画很多缩略图。大多数的设计师会使用缩略图作为完善一个画面的基础。为什么呢？因为缩略图的表现是快速和粗糙的，所以可以将大脑思考及构图快速记录下来。在画分镜头的开始，我们很可能面临两种情况：一种情况是心中有多个版本的形象和镜头，我们需要快速将这些想法表达出来，并选择最终适合故事表现的方式；另一种情况是我们头脑中的思路是混乱的、模糊的和不确定的。于是我们需要用最快的方式记录下来，然后进行仔细梳理和调整。事实上后者的情况更为多见，艺术家在头脑中没有清晰画面的情况下用缩略图作为画面拓展和加工的基础。这种加工可以是调整机位角度、绘制镜头，或者仅仅是添加画面细节和表现出光影，并考虑如何让这些镜头能够顺利组接。

在缩略图的制作中有两种方式可以采用。第一种方法，创作者可以很实验、很大胆，甚至可以忽略掉很多细节。他们可以让思维和想象不受任何因素的限制，因为顾虑是创意最大的敌人。虽然这些粗略的草图在最后一定会被调整甚至丢弃，但是他们可以有效地帮助我们获得可行性镜头。第二种方法，依据最简单、最直接的描述方式来绘制缩略图。虽然这种方法可能惊喜不多，但是会让分镜师集中注意在故事的叙事架构上，从而获得一个较为合理和稳妥的叙事方式。总之，无论采用哪种方式入手，心胸开阔、富有想象力、表达准确和表现灵活都是很重要的。不管这些缩略图如何粗糙、丑陋和初级，它们都是我们朝着动画作品实现的第一步。

二、关键画面

画面是影片的最小元素之一。它可以包含一个单一事件、一个行动过程、一个快速动作或仅仅是一个视觉形象。编剧和导演往往会把将在场景中发生的事件用画面逐一描写出来。这是一个极好的方法，因为这些画面是由讲述故事的人直接提供的，一般这样的文字描述很能准确体现故事内容。例如：

（1）一个户外的草场村庄。

（2）司机开着货车出现在道路上。

（3）车停在一个木屋前面。

（4）屋内，一只老鼠正在百叶窗窗口的缝隙旁寻找出口。

（5）货车司机从他的货车后拿出麻布袋。

（6）司机把包放在木屋门前的台阶上，然后开车离开了。

三、分镜列表

除了关键画面外，还需要一个分镜列表。分镜列表为关键画面提供了细节化描述。分镜列表的目的是控制镜头数量和镜头节奏。分镜列表会对每一个镜头内容进行详细描述。例如：

（1）大远景斜俯视的村庄，一名司机开着暗红色的小型货车进入画面。

（2）镜头推近小货车，小货车前景是一栋栋木屋掠过。

（3）货车司机寻找目标小屋的过肩镜头。

（4）老鼠打开百叶窗透过缝隙伸出 3/4 的头在外面。

（5）一只粗糙的大手抓住在货车后面的黑布袋的特写镜头。

（6）手持相机拍摄以老鼠透过百叶窗的角度看司机带着黑布袋走到屋前。

（7）正面拍摄司机返回他的货车的中景镜头。

（8）特写司机发动引擎，手握方向盘。

（9）全景，货车出画，露出门前的麻布袋。

（10）摄影机慢慢推向麻布袋。

（11）麻布袋的特写镜头。

导演可以选择性地发展关键画面和分镜列表。这些准备会为最终镜头提供有力的信息，但是他们仍然是可变的，因为这一切工作都还只是前期准备阶段。

四、绘制和修改

如果我们把对于关键画面的表述给 10 个人看，最后我们会得到 10 种不同的镜头版本。因为概括性的语言缺乏细节，会引起不同的想象。因此，我们必须将关键画面画下来，像放电影一般来串联它们。面对这些关键画面，我们需要问自己，“它们能不能更有趣？”“我希望观众感到担心、多疑，还是漠不关心呢？”“在这个镜头中观众最关注谁？”想清楚这些问题的答案后自然会给关键画面以及前后关联画面提供形象化思路。在最终解决方案出炉之前，我们的确会花费相当大的精力来捉摸和拿捏，后面会有一系列的修改甚至返工，但是细致耐心的导演往往会得到最有价值的方案。

第三节 ⊙ 分镜头设计原则

一、逻辑连续性

连续性是指画面序列与观众思维的一致性。如果观众在观看过程中出现连续性问题，那么他们很可能会走神或者怀疑叙事情节。连续性涉及画面、构图、角色美术表现、灯光或运动方向。如果情节变化太大或镜头的转换不符合逻辑，观众就会产生迷惑。例如，如果第一个镜头的阴影在左边，就不能让后面的阴影出现在右边。分镜头作为每个镜头具体制作的指南，需要精确严谨的表达以防止后续制作出现问题。俯视图、平面机位图等这些都是保证复杂场景不同镜头中角色调度清晰明确的必要工具。无论多么复杂的运动路线，分镜师都必须完全了解和掌握镜头全局。

二、180 度原则

迪斯尼和梦工厂的分镜艺术家史蒂夫·戈登说:“我看过一些学生的分镜头。最大的问题似乎是他们不够了解基本的摄影基础,屏幕的方向性以及镜头如何剪辑。事实上,在一些专业的分镜头中偶尔也会出现这样的低级错误。所以最重要的事情是学习 180 度原则和如何来运用它。”

在分镜设计中最容易犯的“疏忽”是屏幕方向性错误。如果一列火车在屏幕上由左到右行驶,在没有特殊交代的情况下,这列火车在后面的镜头中需要继续由左至右行驶而不是切换方向。如果对这个镜头做剪辑,把机位转移到轨道另一侧,列车在屏幕上呈现的是自右向左的运动,那么观众必定会对火车的行进方向产生疑惑。观众可能会觉得,这是两辆相对行驶的火车。这种剪辑因为打破了 180 度原则,从而导致了观众理解上的偏差。例如图 7-1,两个具有行动关系的角色之间存在一条隐形的 X 轴线,这条轴线以上为 A 区域,轴线以下为 B 区域,目前所有机位都在 X 轴下方的 B 区域中,在所拍摄到的镜头中,1 号角色处于画面左侧,2 号角色处于画面右侧。如果我们将机位放置在 A 区域,两个角色在屏幕中的位置就完全相反,2 号角色处于画左,1 号角色处于画右。若是将以上 X 轴 A 区和 B 区的机位拍摄到的画面剪辑到一起,1 号角色和 2 号角色在屏幕中的位置就会出现调换,于是观众就会出现理解困难的情况。

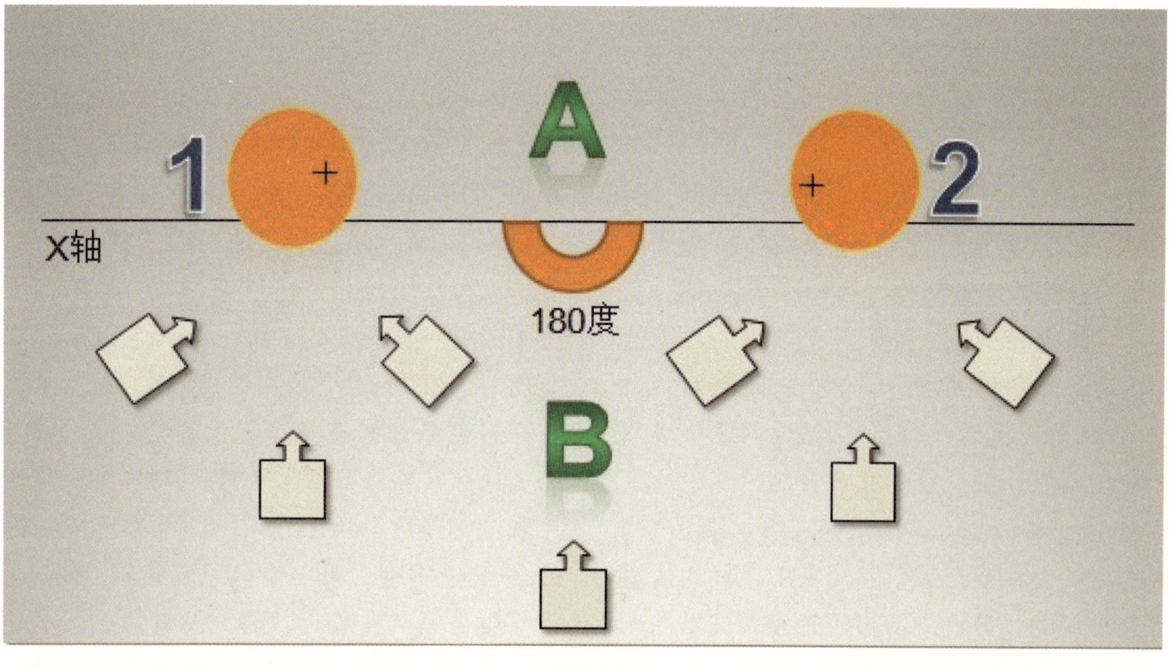

图 7-1

当然,所有的原则和规则都有例外情况,合理的越轴是被允许的,而且设计巧妙的越轴往往极富创造力。越轴的方法可以详细学习分镜头设计相关书籍。但是,作为镜头语言的基础,我们首先要具备轴线意识以及 180 原则的基本概念。不然任何没有基础和前提的创新都是鲁莽的。

三、内容的连贯性

内容的连贯性是保证镜头对故事内容进行清晰化表达的前提。在看到镜头之前,观众对故事一无所知,因此镜头表达的逻辑性是一个非常基础而又非常重要的问题。逻辑就是合理和易于理解。这个听起来并不困难，但事实上，很多镜头的失败都是源于丧失逻辑性而造成的理解困难。原因很简单，因为对于这个故事，我们创作者早已经烂熟于胸，甚至碾磨几年，因此我们会忘记在讲述这个故事的过程中，哪些最基本的内容是不能忽略的，哪些内容是可以省略的。有的时候，为了叙事的创新性，我们甚至牺牲了故事原有的逻辑架构。这些对于初学者来说，都应该特别注意。此外，与阅读不同，在小说中，如果遇到逻辑复杂的部分，读者往往会进行反复甚至多次阅读，直至完全理解文字内容；但是在电影镜头中，短短的几秒钟，时间的线性特征不允许观众不停回放，绝大多数观众会选择在稀里糊涂中看下去。这样一方面会导致理解偏差，另一方面可能会导致观众注意力的丧失。疑惑的积累最终会影响对整部作品的核心理解和兴趣。

有时候我们需要用镜头来描述混乱场景，例如噩梦、地震、集会中骚乱等，镜头会向观众灌输一种要迷失方向的感觉。然而，在绝大部分情况下，我们需要给观众提供一个简单的视觉信息。内容的连贯性要求分镜师告诉观众所有需要看的“部分”，通常是自然的，按时间顺序排列的。我们不能让观众自己在观看的过程中为了理解整个故事而主动选择重要或者次要信息。镜头的目的是将观众吸引到故事中，并让故事变得容易理解。分镜头的目的是建立视觉的连贯性和内容的连续性。然而，由于分镜师在整个创作过程中与分镜头“太亲近”，因此他们经常会丧失客观性判断，有一个很简单的方法可以解决这个问题：向不了解故事的人展示我们的分镜头，看看他们是否能够迅速清晰地了解故事内容。所以，电影的成功不仅取决于创作者的理解、观点和画面效果，更在于作品是否与观众进行了顺畅的沟通，并成功地将主题概念传达给了他人。

视觉的连贯性要求分镜师在塑造故事前后镜头的时候建立一系列具有相似性的形状、颜色、空间、光影以及其他的设计元素。视觉设计元素可以用来协调前后镜头或者是强化镜头间的对比。如果表现自然、和谐以及顺畅的镜头，镜头间的形状、颜色及明暗对比差异都是较为微小的。如果在镜头视觉上需要表现强对比和大反差，那么画面内容、动作和节奏都需要有更为极端的改变。一般影片的节奏都有缓急变化，导演通常会展示几分钟相对稳定的、协调的画面，然后在关键情节和转折部分加快镜头节奏和拉大镜头对比。如果故事的镜头中没有情感变化的叙事需求，那么在分镜头设计的时候就要避免画面中的设计元素产生强烈的变化。

如果画面内或者画面之间的信息提供不足，那么叙事就无法达到清晰性和逻辑性，在观众看来，情节是断裂的。举一个最简单的例子，一个镜头中，角色正急匆匆地走在杂乱的大街上，下一个镜头紧接着该角色坐在办公桌前匆忙地翻阅资料。如果需要让观众理解到，随着时间的流逝，主角已经走完了路程，到达了自己的办公室并且着急地寻找某份马上开会需要的资料，那么这个转场是可以成立的。但是，如果我们想让观众知道这个角色进了一间他并不应该进去的办公室，并且是非法查阅某份资料，那么这个镜头就是完全失败的，因为没有信息展示这个办公室不属于这个主角。于是，我们必须对这个重要信息进行解释。这个角色可能需要在避开保安、用东西挡住摄像监控头的情况下用万能钥匙来打开办公室的门，动作迅速，神态严肃，找准目标办公桌，下意识地看一下周围情况，然后开始快速翻阅桌上的文件。我们还可能需要展示角色能看到的和所不能够看到的场景，一方面主观视角寻找着机密文件，另一方面办公桌的主人正在上楼回办公室的路上。于是冲突就激化了，节奏就绷紧了。所以，在我们想表述一种情境时，千万不要将观众想象为万能的上帝，用自己对故事的熟悉度来衡量画面细节的供给。再重复一遍，让不熟悉这个故事的人看一遍我们的分镜是一个非常便捷、有效的方法，从他们的反馈中，我们会知道自己在哪里犯了错误。

第四节
镜头

一、开场镜头

大部分的开场镜头会为观众提供场景信息，也就是说故事发生在什么地方（悬念和特殊手法的开机镜除外）：在树林里、在城堡里、在马戏团里或在一个偏远的郊区。长镜头的使用也是很普遍的方法。例如，《僵尸新娘》中，开篇蝴蝶引导下的长镜头将这个封闭机械的小镇描绘得极为彻底（图 7-2）。这样的开场镜头可以给观众一种有故事的感觉。另外，一些具有强烈画面感和气氛渲染的静态镜头也可以通过静态表现出含蓄的故事性。例如，明媚阳光下修剪整齐的灌木、篱笆和草坪上的自行车，或者是一片漆黑下的大铁门和枯瘦枝干在前景摇晃的豪宅。这些安宁或恐怖的感觉可以通过形状、图案和光影设计来暗示。所有画面中的视觉元素及相互关系会建立起一个视觉的脉络，这使得开场镜头变得很重要。

图 7-2

二、反打镜头及过肩镜头

反打镜头是相对于前一个镜头进行的反向拍摄。如果第一个镜头是角色走过门口背影远去，接下来的镜头可能就会将机位放置于房间内拍摄角色刚刚进入房间的正面镜头。更普遍的使用是，如果两个角色是进行面对面的对话，镜头将会展示一个角色讲话的“正面”镜头，然后转向反打镜头来展示另外一角色正在倾听或者回答。这个类型的镜头也可能做成“过肩”。就像这个名字所暗示的，过肩镜头中机位设置在角色背后。角色的肩膀或者头部的一部分能够在前景上看到，然后让观众正面看到角色所面对的和看到的事物。现在许多对话场景都会结合这样的镜头来避免枯燥和沉闷。

三、思考，决定，反应镜头

虽然我们说，动画师是动画作品中真正的表演者，但是分镜头艺术家确是在最初阶段来定位这些表演的。他们需要清晰地思考角色在特定情境下的动作、表情、行为反应甚至心理变化，并用生动、准确的画面来确定镜头的标志性构图。《花木兰》导演巴里·库克这样级别的导演、分镜头艺术家和动画师这样说道：“我不建议把表演留给动画家，有一个简单的原因：如果你的人物的感受在分镜头中不清晰，这个场景就永远都不能做出有水准的动画。”如果一个分镜头已经展示了角色在房间中寻找些什么，那么接下来的镜头可能会以角色的主观视角来搜索房间的每个角落。之后的镜头也许会展示角色迷惑的特写。这个特写就是反应镜头。反应镜头是表现角色在面对情境和矛盾时的戏剧性刻画，如果缺乏反应镜头故事就苍白无力，成为了一个事件的描述而不是事件的展示。请记住，戏剧需要情感，而反应镜头是情感的宣泄窗口。因为观众是通过角色的想法和感受来获得屏幕经验或者经历的。分镜师就需要在镜头设计时合理、有力地运用反应镜头烘托角色情感，加强故事的戏剧性。这些镜头不仅能够展示角色的态度、性格和世界观，更能在角色的内心与观众内心之间架起桥梁。可以说，反应镜头是任何一部优秀剧本必不可少的内容。

BZXJ 本章小结

- 绘画技术和多才多艺是专业分镜师的必备要素。
- 电影语言和摄影的学习是必要的。
- 设计元素能够将作品中的情绪信息具体化。
- 分镜头视觉化过程的起点是缩略图。
- 分镜头的原则是逻辑连续性180度原则及内容和设计的连贯性。

附录 1

《蓝天工作室》[①]的故事和幽默

——蓝天动画工作室的克里·雷诺和迈克·特米尔采访实录

来源：Karen sullivan, Ciary Schumer, Kate Alexander./deas For the Animated Short: Finding and Building Stories. Focal Press. 2008

克里斯·雷诺（Chris Renaud）从纽约开始自己的艺术生涯，起初专门绘制惊奇漫画[②]和 DC 漫画[③]。在 2000 年，他被作为插画设计师聘用，然后为迪斯尼频道制作设计了《小熊维尼故事书》和《蓝色大房子里的熊》。在为 PBS 设计了《这是一个很大很大的世界》之后，他被蓝天工作室聘用。他开始成为《冰河世纪 2》和《机器人历险记》的故事设计，然后转向短片制作。克里斯和迈克·特米尔（Mike Thurmeier）是《松鼠、坚果和时间机器》（*No Time for Nuts*）的导演，该片赢得了 ASIFA 安妮奖的最佳动画短片奖和奥斯卡最佳动画短片提名[图附录（1-1）]。

迈克·特米尔从 1998 年毕业后就成为了蓝天工作室的动画师，他毕业于加拿大谢尔丹学院，却没有接受过正规的动画训练。他在作为公司第一部电影《冰河世纪》的首席动画师和故事设计之前只做了几个蓝天工作室的广告和故事片项目。随后，作为制作总监，蓝天工作室的《机器人历险记》和《冰河世纪 2》也随即出炉。同时，他也是 2008 年出品的《霍顿奇遇记》的高级动画总监。

---

① Blue Sky Studios 蓝天工作室，创建于 1987 年，位于美国纽约。其“冰河世纪”系列堪称蓝天工作室的招牌作品，奠定了蓝天工作室在卡通片领域的地位。

② Marvel 公司的历史可以追溯到 1939 年。当时公司名称为及时漫画（Timely Comics），1951 年更名为亚特拉斯漫画（Atlas Comics），而在 1961 年正式更名为 Marvel Comics，并确定了正式的标记：在漫画封面的左上角，设置一个长方框，里面有着当期主角的形象，下面是“Marvel Comics Group”的字样。因为 Marvel 有“惊奇、奇迹”的意思，所以在中国一度被称为“惊奇漫画”，直到 2010 年 9 月，Marvel 将中文名称正式定为“漫威”。2011 年 4 月 29 日，在第七届中国国际动漫产业博览会 B 馆漫威展区里，Marvel 宣布其中文名“漫威”正式登陆中国。

③ DC 漫画公司（DC Comics, Inc.）是全球最大的漫画公司之一，与漫威漫画（Marvel Worldwide, Inc.）同为目前美国的两家最大型漫画公司。DC 漫画公司旗下拥有超人、蝙蝠侠、神奇女侠、闪电侠、绿灯侠等超级英雄，可谓声名煊赫，人丁兴旺。

图(附录 1-1)

1. 问:你是如何辨别出一个好的动画短片想法的呢?

克里斯:

我觉得一个好的想法是明白我们要从哪儿开始,结构是什么,以及矛盾是怎样被解决的。这些东西都是可变的,因为故事会发展,但我认为这就是你如何认出一个好主意的标准。一切只是一个概念。你经常会发现,当你开始一个概念就意味着你开始往一条路上走下去,不过很遗憾你会发现它是死路。

迈克:

我发现当我给朋友口述了很多遍我仍然喜欢并为之兴奋的想法往往是好想法。因为有许多次,我坐下来,想到了一个想法,然后觉得它成立了而且很好,但是在我告诉别人时会认识到想法中的逻辑弱点或缺口。

2. 问:想法有多大?你能告诉我们具体设置以及如果想法太庞大如何解决吗?

克里斯:

片子规模和视野大小的界定要看你有多少资金、多少时间以及多少工作人员。仅仅是想法其实不难,关键在于如何在资源的限定内实现这个想法。为了节省资源,我们让斯克莱特(Scrat)穿越时空,进入人类文明的各种地点,但并不呈现出人类。展示起伏旗帜,无动画地被箭击中的角色。这就是我们解决限制问题从而定义产品的方式。预算的限制不是全部,时间以及与制作相关的一切投入都需要纳入考量。例如，我们在罗马竞技场，玫瑰花瓣落下，斯克莱特拿着一张弓，观众们在为它喝彩，“砰”的一声，它被二轮战车撞了，然后怪物立刻出现了。在短片内，我们要建立我们在的地方，幽默点在哪里。

迈克：

有一个很好的经验，大多数的故事都是通过加强和制造更多的动作和行动来使作品逐渐复杂起来，所以保证一个简单的开端很重要。我还发现，不管我们的故事板多好，角色出色的表演可以增加动画时间并且让作品充满弹性。

3. 问：如何在你的开头和结尾制造情节点？

克里斯：

这是我们努力最多的部分。对我和迈克来说，它需要一步一个脚印地去做。节奏是作品的语言，但是这并不意味着速度快。它只是表示你如何把观众从一个事件带到另一个事件。一步一个脚印，指在一个喜剧短片中必须去创造幽默的一次又一次的升级。但是对我们来说，我们的实际工作是不断削减各种想法直到我们都累趴下，于是一个有效的解决方案就出现了。

4. 问：所有的松鼠斯克莱特的影片都极为幽默。你如何使他们变得那么搞笑的？

克里斯：

我觉得幽默是很自然的事情，就像一种天生的情感，每个人都有但又不同。我们只是要从某种程度上挖掘出这种幽默，用一种直白、清晰和夸张的方式变得更搞笑。

关于这只松鼠有一点我们很欣慰，那就是观众一看到它就想笑。原因很简单，因为我们一直跟一个有名气的角色共同创作。这个角色的设计非常棒。大大的、咕噜噜转动的眼睛非常适合短片作品中的角色，因为它汇聚了角色的神气。不过要想让故事真正搞笑，角色形象不够，更需要依靠一个巨大的叙事关联。找一些经典案例的幽默桥段，从某种程度或者角度进行变化和变形，也许是个不错的寻找幽默的好办法。

松鼠斯克莱特是一个经典的喜剧角色，它生理上的疼痛是最基础、最简单也是最有效的搞笑元素。但是，要注意的是，仅仅是赋予生理上的敲打和疼痛是不行的，我们必须建立必要性关联。如果用锤子打在它的头上，那么，作为导演，你必须很清楚地知道，为什么要用锤子打它，其具体意义在哪里。例如，当剑在石头里的时候，这会儿没有痛苦发生在斯克莱特身上。起初它很平静，然后它发现了剑。当它拉动剑时，在那一瞬间它是个英雄，观众认为这次它可能会赢的。可是当箭飞来了以后，事情越来越糟糕。这个转折是笑声的来源。原因不是箭的突然出现，而是一个英雄的突然消失。另一个例子，斯克莱特以为它在自己家的雪地上表演。观众们却希望它不在自己家里。当我们拉开镜头发现一艘船，泰坦尼克从迷雾中驶来。这里喜剧点就出现了，观众想“哦，它获救啦，感谢上帝，一切都美好结束”，紧接着大家发现，原来它正在一块史上最危险的冰上。幽默继续升级。

迈克：

松鼠斯克莱特总是能够那么有趣是因为我

们重视每个段落的表现和表演。我们的动画团队工作非常卖力，无止境地去完善和提炼角色表演，它以怎样的速度转头，要多少次的眨眼和转动眼球，它应该以怎样的节奏运动。斯克莱特在特定情境下如何反应是他搞笑的关键。松鼠斯克莱特的喜剧动画短片纯粹以它的性格出发，没有对话或聪明的妙语。

5. 问：对于学生的第一个短片，你有什么好的建议呢？

克里斯：

首先你需要创建一个具有吸引力的角色，在某种程度上你很关心并想去看的角色。你只需要坚持以下的原则来叙事：有一个开头、中间、结尾，复杂程度和规模取决于你的可支配资源，保证想法的顺利实施和有效完成。有想法当然是好的，但是如果你不能真正制作出来，那就不值得写在纸上，或者去深思熟虑。此外，还要仔细考虑，如何与自己的技能和特长相结合。如果你擅长 Flash，那就去想 Flash；如果你擅长计算机角色动画，那就去想三维动画。了解自己的优点和对自己有利的条件。另外一点就是，大家都很强调个性，但是我认为你没有必要完全独特，因为没有东西是完全独特的。你会经常听到：“这跟那个 XX 很像。”出现这种情况一点也不需要惊讶，因为现在的时代，呈现给我们的太五花八门了，无奇不有。我们需要做的，就是让故事的核心和角色需求在特定环境中独特而富有个性。

迈克：

我很赞同克里斯的观点。首先你必须要知道为什么要去创作。你是想为某个大赛做一个完整的动画短片吗？或者，你只是想要一个样片，展示你的特定专业领域？如果你想成为优秀的动画师，就没道理花大量的时间建模和调灯光，这只会使你的动画感觉受损害。

但是如果你准备制作一个完整的短片，那么一切都是关于质量而不是数量。一个糟糕执行的半成品是不会最终成为高品质短片作品的。

附录 2

采访梦工厂动画艺术总监肯德尔·克朗凯特和凯西·艾尔蒂瑞

来源：Karen sullivan, Ciary Schumer, Kate Alexander./deas For the Animated Short: Finding and Building Stories. Focal Press. 2008

肯德尔·克朗凯特（Kendal Cronkhite）毕业于加州帕萨迪纳设计艺术中心学院，主修插画。在为杂志和报纸工作一段时间之后，她以前的一个指导老师推荐她为蒂姆伯顿的《圣诞夜惊魂》(*The Nightmare Before Christmas*, 1993)工作。肯德尔随后执导了《飞天巨桃历险记》(*James and the Giant Peach*, 1996)，并去了梦工厂导演了《蚁哥正传》(*Antz*, 1998)。同时她还创作设计了《马达加斯加》(*Madagascar*, 2005)和现在的《马达加斯加 2·逃往非州》(*Madagascar 2: Escape Africa*, 2008)。

1. 问：有些著名动画工作室已经让他们的影片形成了自己的标志性风格，而梦工厂却仿佛在为每部影片创造新的风格。你觉得是这样的吗？你能不能再谈谈怎样设计出有影响力的作品呢？

肯德尔：

当然是这样的，我们的标准就是保证多元化。我记得和《蚁哥正传》的导演以及制作人员在一起讨论时就说到过："你们想让我们为电脑来设计视觉风格吗？"他们回答道："当然不，我们想做我们觉得对的设计，然后再看用怎样的数字技术实现它。"当我们筹备好正确的方案、视觉设计、故事之后，我们以拒绝纯技术结尾。我们不想做以前做过或被做过的事。我们不想重复自己。新的尝试对我们来说更有趣，更有创造性，并且有一种让我们更接近未来的感觉。

2. 问：你是怎么构思出一部电影的视觉设计方案的呢？

肯德尔：

我们会非常仔细地阅读故事剧本和方案，然后针对描述故事的视觉画面进行打破常规的设计。我通常以电影的视觉结构为开端。这是一个根据剧本戏剧发展而来的视觉地图。我用线、形状、空间和颜色来强化我们的故事。比如，这个故事是讲述回家的，我就会用圆圈作为设计元素穿插其中。如果有情绪的跌宕起伏，我会用光和黑暗来放大这些情绪。如果是一个旅行的影片，我就会选择用有深度的空间和焦点，这些视觉地图创作完之后，我们就会开始进入每一个环节并把它们的每一个值得注意的细节串联起来。我们也会注意影片的叙事基调，是喜剧还是悲剧？所有这些问题都以视觉化方式被提出和解决。

肯德尔：

我可以把你带到我们制作《马达加斯加》的那个时期，一开始，这个故事最引人注目的地方在于这是一个典型的纽约式喜剧。角色拥有典型的纽约人所具有的东海岸幽默感。这方面有很多肢体语言可以去塑造。

在与导演们交流之后，我强烈地觉得这是一个很好的机会，让我们去做之前所设想的——做一个真正的 3D 动画电影，一切都很贴切。

我们所做的第一件事就是雇用角色设计克雷格·科尔曼(Craig Kellman)，他非常善于设计 2D 角色风格并且赋予他们新时代的个性。他来自纽约动画公司并且设计过《飞天小女警》[*Powerpuff Girls*，图(附录 2-1)]和《杰克武士》[*Samurai Jack*，图(附录 2-2)]中的角色。他一开始定下了四个主角，他们的风格是根据 20 世纪 50 年代和 60 年代的风格设计的。直线和曲线的交融形成了浓烈的设计元素。

图(附录 2-1)

图(附录 2–2)

设计中的幽默在于比例的不均衡感，狮子亚历克斯[Alex，图(附录 2-3)]有着一个巨大的脑袋和一个非常瘦小的身躯。歌莉娅[Gloria，图(附录 2-4)]有着一个巨大的身体和迷你的四肢。

图(附录 2–3)

图(附录 2–4)

当你看到某些东西比例很极端时,你会觉得很搞笑,这对于我们影片的基调非常重要。所以我们采用了这些元素并且接着设计出了一个围绕它们展开的世界。

看看我们周围的世界,每一样东西都是直线和曲线的结合,并且有着不均衡的比例,也就是我们所说的“毛病”工厂——一种卡通设计元素。假设你要设计一个建筑物,你绝对不会设计一个完全直线的建筑,你会用到我们所说的“不正常设计”,你也许会让边缘出现棱角,房顶和窗户不一定平衡出现,另外,每一棵树上的每一片树叶、叶脉纹理、热带植物的树皮——所有的东西都会以同样的处理方式进行设计。

在大部分影片中,热带雨林是神秘的、容易迷路的、幽闭的,而在我们的影片中却不是这样。我们的雨林是充满喜感和充满想象力的,并且有着轻微的孩子气。因为我们的角色对于环境来说很新奇——就像小孩子第一次见到新鲜的物体一样。

导演曾说:“亨利·卢梭(Henri Rousseau),他的丛林是巨大的、孩子气的,并且有些幼稚。到处都是最基本的色彩。”所以我们大胆地将卢梭融合到我们的概念设计中,从而表现出一个孩子气、美丽和甜蜜的马达加斯加丛林[图(附录 2–5)]。

图(附录 2-5)

3. 问：当你设计的时候，你大部分选择的都是基于故事中角色的视点——是想表现他们是怎么看待一切的，对吗？

肯德尔：

是的，我们需要尝试着穿上角色的鞋子走进故事里。在《马达加斯加》中，我们希望当角色们被冲上海滩时，能够强烈地感觉到他们即将面对一个前所未有的世界。

在纽约，我们尝试把很多东西做得非常人造化。机械的生活仿佛被修剪过，以及裹着金属锁链的栅栏［图（附录 2-6）］。因为我们需要被控制和压抑的感觉。所以当鸟儿飞翔的时候，它们飞不出城市的包围。你看不到它们有逃离的机会。它们把太阳、月亮和星星都拿走，尽管我们有白天和黑夜。但是在设计中他们仍然希望把一切属于自然的东西都隐退掉。目的很简单，我们需要纽约与马达加斯加的丛林有极为鲜明的对比。当我们到达马达加斯加的时候，一切都是纯天然的，太阳、月亮、云朵、星星，都是大自然的赏赐。我们希望观众能有和角色相同的感觉——当他们第一次见到马达加斯加的时候——那种对大自然彻底的崇拜和敬畏。

动画电影中的视觉设计必须以角色本身来驱动，这一点非常重要。

图（附录 2-6）

凯西·艾尔蒂瑞（Kathy Altieri）在动画界已经工作超过 25 年之久，她起初是电视动画的美工，接着她去了迪斯尼动画公司为《小美人鱼》（*The Little Mermaid*，1989）、《阿拉丁》（*Aladdin*，1992）、《狮子王》（*The Lion King*，1994）、《钟楼怪人》（*Hunchback of Notre Dame*，1996）当美工和管理人员。在梦工厂，她是《埃及王子》（*The Prince of Egypt*，1998）的美术设计，是《小马王》（*Spirit: Stallion of the Cimarron*，2002）、《篱笆墙外》（*Over the Hedge*，2006）以及《驯龙高手》（*How to Train Your Dragon*，2010）的视觉设计。

1. 问：你能谈谈在《篱笆墙外》中有影响力的的设计吗？

凯西：

《篱笆墙外》其实非常真实，至少在某些程度上故事就像发生在我们自己的私家后院[图（附录 2-7）]。这个故事讲述了在我们充满激情的开荒时代，小动物们如何适应并维持自己的生存。这部电影同时反应了我们现实中的生活和家庭，所以影片的背景处理十分真实。家庭被抽象化为

图（附录 2-7）

我们的后院，光线和气氛都接近真实。房屋模仿中西部的房屋风格，是用计算机绘制的。

另外，我们的导演之一蒂姆·约翰逊（Tim Johnson），觉得我们总是对相册里的照片有着强烈的怀旧感情，所以我们附加创造了一个类似我们看旧照片感觉的光线环境。这个设计与光线亮度的变化有关，普通观众其实并不会发现这一点，但是这样的调整会在潜意识中为观众营造出熟悉的像家一样的感觉。

2. 问：当你设计《篱笆墙外》中的元素时，你好像涉及了一些版权问题，我认为初学者往往会忽略版权问题，你能谈谈这些吗？

凯西：

在当代环境下做影片必须非常小心，你在影

片中用到的任何可被指认出的来自真实世界的产品都要被检验是否侵权。你设计的产品或者是商标不能与现在的真实产品雷同。任何对某种产品存在针对性的讽刺也要考虑进去。比方说，电影中有一个小女孩挨家挨户递送饼干，当然，这个小女孩开始时被设定为美国的女童军，但是女童军反对我们在电影中用到“她们”女孩的形象，哪怕仅仅是用印有女童军封面的手册来打一只松鼠都是不被认可的。在动画片中，并不存在真的松鼠，所以更不可能有松鼠受伤，但是我们完全能够理解她们的顾虑，所以我们只好创作了属于自己的虚拟女孩组织。每一个最后的细节都有法律许可——颜色和制服风格，她们的商标、手册的设计、她们弯腰的模样，甚至名字本身。

3. 问：对年轻的动画设计师来说，这种东西怎样融入他们的剧情呢？

凯西：

在任何有创造性的工作中，我们都在致力于原创。版权意识、尊重版权以及注册商标是非常重要的，无论是学生还是专家谁都无法回避版权问题。所以，我们除了艺术创作外，还必须保持头脑清醒，确保作品都是原创并且只属于你自己。

结束语：设计创作一部影片最重要的是什么？

肯德尔：

最重要的是牢记你是一个影片制作者而不仅仅是一个画师，一部影片怎样在银幕前展示是最重要的。让你自己沉浸其中，学习摄像与摄影构图、线条和形状、空间与灯光，还有它们通过怎样的结合来创造出一个强烈的视觉感受。

当你要决定一部影片的视觉风格时，最好的办法就是让每一个方面都统一起来。从角色设计到故事世界的设计，再到世界中每一个元素的设计，这些对于故事和故事基调都非常重要。

我们从艺术的角度开始做设计，但是作品在搬上银幕之前要通过许多程序部门，从概念到造型，到构图，到光线，到动作，你要确保自己始终明白什么对于设计来说是最重要的。因此，当你把这些概念搬上大银幕并且你的角色开始表达生命时，角色会在电影中表达出你内心的声音。

附录 3

与沃尔特迪斯尼动画家南森·格雷诺关于分镜头设计的面谈

来源：Karen sullivan, Ciary Schumer, Kate Alexander./deas For the Animated Short: Finding and Building Stories. Focal Press. 2008

南森·格雷诺（Nathan Greno）在哥伦比亚大学的艺术设计进修，之后在佛罗里达奥兰多完成了迪斯尼动画公司的实习。南森在 1996 年开始在迪斯尼动画工作室承担全职的动画清稿工作，然后于 1998 年进入了迪斯尼剧情动画电影部。他现在是迪斯尼公司的故事总监。

1. 问：什么样的技术背景是分镜师走向成功所必需的？你会怎样告诉学生？

南森：

作为一个成功的分镜师你必须要有过人的脑子和丰富的想象力。你需要有把你的想法视觉化的表达能力；你需要了解表演、舞台、气氛和灯光；你必须同时具有写对话和创作角色的能力。分镜师创造的是一部电影作品的蓝图。分镜头是电影表达的地基。我只能对学生们说，通过不断的实践和训练，你会变得更出色，但是有些技能是无法学习的，需要感悟和自我思考。

2. 问：怎样才能成为好的分镜师？

南森：

首先从技能上来讲，你需要通过大量实践从而成为善于绘画的人。然后发挥你的想象力和理解力，去视觉化一个故事。有一个很简单的学习方法，寻找一部你没有看过的电影剧本然后把它们的顺序画下来——然后去找出这部电影来对比，仔细地发掘出自己的镜头与别人镜头的不同及差异，渐渐地你会变得更好——并且你的绘画能力会进步得很快。画些不同种类、题材和风格的作品。如果你觉得你善于动作，那么就创作些精妙的动作镜头。如果你对精妙的细节动作完全在行，那么就创作些打斗和追逐镜头来挑战自己吧。

有一件要避免的事情是直接利用动作库或者现成资料来创作镜头表达。除非是你的项目要求，不要直接模仿那些程式化的或者老掉牙的动作表现方式。在你开始镜头缩略图创作之前，自己先按照想象中的镜头顺序表演一遍。在绘画台上放一个镜子，或者用摄像机记录下来。自然的表达是一个极为有效的创作工具。

3. 问：你有没有觉得某些特质是优秀的故事艺术家所共有的？是什么让这些成功者成功的？

南森：

一个成功的分镜师一定拥有很开阔的视野及发散性思维。你不能够爱上你的分镜头，那样会不舍得丢弃或者修改。做分镜头的每个阶段都要愿意去改变。你的分镜头不是最终的电影。不要花费太多的时间在你的分镜头刻画中——它们很可能在某些情况下被废弃。如果这听起来让你觉得很沮丧，那么你最好找别的工作去做。因为故事创作是很主观的，你的导演往往通过不断的推敲和改变来优化作品。作为一个出色的编剧，你要做好把你的作品扔掉的准备。尽管你不认同你的导演并觉得他们是疯子，但是作为团队中的一份子，你必须尊重你的职位和职责。你的工作是通过大家的协作让作品更完美，而不是你独立创作出一个作品。

4. 问：你有看过一些学生的分镜头吗？你认为通常他们缺乏的是什么？

南森：

近期我们对学生作品进行了一些回顾。故事中有许多想不通的问题，很难跟着他们的分镜头理解下去。许多学生不喜欢画背景。他们没有把他们的人物放在一个可以理解的环境中。一般对于表述流畅的分镜头应该是能够不用对话就能够理解的。试一下把声音关掉看一部电影。通常你还是能够因为环境、角色动作和光影来告诉别人电影中发生的情况。你的分镜头也应该是这样的。我很推荐一个系列的漫画书，其实还有很多很好的推荐，先举这个例子：杰夫·史密斯（Jeff Smith）的《骨头历险记》（*Bone*，2008），他们开始给分镜头上色——他们的原稿是黑白的。不过黑白的版本反倒是非常令人震惊的，因为史密斯能够在没有使用颜色或者阴影的情况下展现许多气氛。他的画作是难以置信的——

大家应该好好学习他的做法。

5. 问：你能够描述一下你的创作过程吗？

南森：

对于分镜头的顺序是没有“对的方法”的。我通常用缩略图开始。有的时候我“径直”按照镜头顺序一个又一个地画下去，有时候我只是绘制一些关键镜头（那些通常帮助我来寻找大的动作镜头顺序的镜头）。对于你而言，最好的方式就是使用你自己喜欢并习惯的方式来进行创作。

6. 问：你觉得在创作分镜头时需要克服的最大障碍是什么？

南森：

在画画之前，头脑中有一个清晰的想法或者动作是一件好事。一个镜头只能表述一个重点内容。不要在一个镜头中企图表达太多信息，不然你会使观众彻底迷惑。简单明了的画作是好的。

7. 问：你觉得电影的分镜头和其他艺术形式例如漫画书或者插图图书的本质区别在哪里？

南森：

漫画书和故事板是表亲——不是直系亲属。我从漫画书中学习了不少方便实用的绘画技巧（例如下雨、简单的城市风格、打雷闪电、暴风雪、水倾泻或者飞溅的效果，人物或者物体很快的移动，外部压力，等等），但是漫画和分镜头有着不同的语言规则。“摄影机”在漫画中跳跃得很厉害，漫画书中故事画面的有效排序对于电影分镜头基本无效。电影分镜头严格遵循电影语言基本规律。

8. 问：你会经常重画你的分镜头吗？

南森：

不要爱上你的画，不要过于在意它们——相比较画面本身的艺术性而言，它们更需要具有能够被清晰读取的特质，因为它们毕竟不是最终呈现在荧幕上的画面。我们需要通过不停地修改、删减、调整，以将镜头顺序、镜头构图及镜头重点确定好——确保大家能够清晰地读懂它。

9. 问：你有把自己当作一个演员、摄影师、编剧、设计师和所有你的工作中要用到的工作人员吗？

南森：

分镜师是演员、摄影师、编剧和设计师——但是你也必须记得你是一个合作者，你是和别人一起工作的。

10. 问：分镜表有多重要？你有在你把分镜表给老板之前再次对它们进行很大的改动吗？

南森：

这需要综合很多因素来看。如果你在之前从没有和这个导演合作过，那么中间可能会出现理解偏差，即使是表达很清晰的画面，但是没有与导演达成一致，那么还是会进行很大量的改动——你们需要共同理解“最终”的版本是怎样的。用粗略点的方法来开始最初的镜头排序是一个好方法。精细的、较美的画面会帮助你顺利说服导演依照你的想法来安排——导演喜欢美丽的画作。每个项目都不同，关键在于你必须与导演通过透彻沟通来了解他寻找的是什么。去看看其他的一些第一次就通过的艺术家们的作品吧，一定会有启发。

11. 问：在分镜头设计时，你是否会为了让画面更容易理解而故意夸张动作、表演，还是会把问题留着让动画师来解决？

南森：

你“留给动画师”或者设计师或者其他人的越多，你在电影中看到的“你”就越少。你正在为一个建筑谱写未来，如果你不能够设计窗户，有人会设计，如果你不能够设计楼梯，有人会设计，那么建筑完工后，你的想法在哪里呢？给自己设定一个工作周期表并明确时间节点，那么你就知道自己在哪个时间段需要完成什么。你能够给的有效信息越多，那么最后的电影就越贴近你的想法。人们会接受你的分镜头并且使用它们——如果整个制作流程是顺畅有序的，那么整个电影作品就会获得质量的提升。这些都是由分镜师开始的——你是蓝图的创造者，大家都会依据你制定的地图来完成自己的那段旅行。所以，你最好确定这一定是一个非常好的地图！

附录 4

法国动画短片《呼吸》分镜头欣赏

Une caméra fait le point sur un décor qui se met en place.
Un soleil arlificiel s'allume.

Après quelques secondes, une filletle traverse le champ au pas de course.

0:22s

On resserre sur la fillelle.

Elle marque une pause, se met à observer son environnement.

En contrechamp, panoramique de la nature.
Le panoramique s'arrète sur un ru.

On revient sur la fillette. Elle quitte le champ.

STORY-BOARD MICKEY 3D "Respire" Planche N°1

André Bessy, Jérome Combe, Stéphane Hamache

En plan fixe sur le ru. (eau plus pierres)
La fillette traverse le ru de pierres en pierres.

On élargit, elle manque de trébucher, se redresse de justesse.

Elle virevolte.

Plans avec des axes caméra différents.

Elle effectue une roue maladroite.

A quatre pattes, elle cueille une fleur.

STORY-BOARD MICKEY 3D "Respire" Planche N°2

André Bessy, Jérome Combe, Stéphane Hamache

La fleur repousse demère elle.(1er indice).

Elle court demère un papillon, dans un sens puis dans l'autre.

Une branche d'arbre sur laquelle le papillon se pose.
La fillette pénètre dans le champ.
Elle tente d'attraper le papillon qui s'envole.

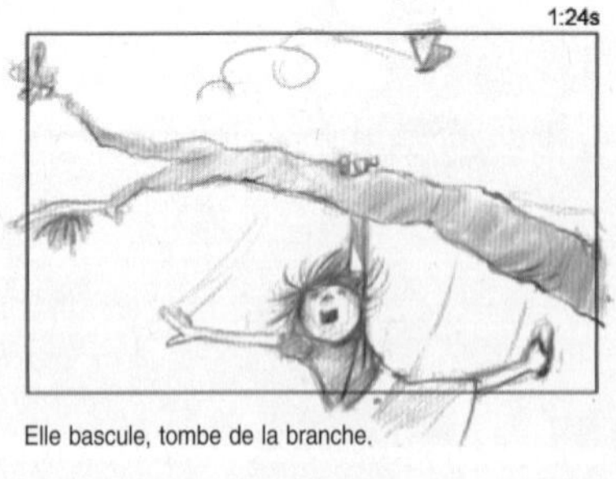

Elle bascule, tombe de la branche.

Elle effectue un plongeon involontaire dans un lac.
On al voit exécuter des mouvements sous l'eau.

La caméra est placée sous elle.

STORY-BOARD MICKEY 3D "Respire" Planche N°3

André Bessy, Jérome Combe, Stéphane Hamache

Elle reprend sa route, en sautillant, Virevoltant.

Elle marque une pause, respire,aperç oit au loin une biche.

La biche en contrechamp.

Elle joue à cache cache avec la biche.
Elle avance à pas de loup vers l'animal en se planquant derrière chaque arbre qui se trouve sur son chemi.

Elle est auprès de la biche. l'apprivoise en la caressant.

La biche est posée sur rail, un mécanisme la tire vers l'arrière.

STORY–BOARD MICKEY 3D "Respire" Planche N°4

André Bessy, Jerome Combe, Stéphane Hamache

Elle souffle sur une fleur de pissenlit.

Elle se remet ácourir.

Elle tombe, effectue plusieurs roulades.

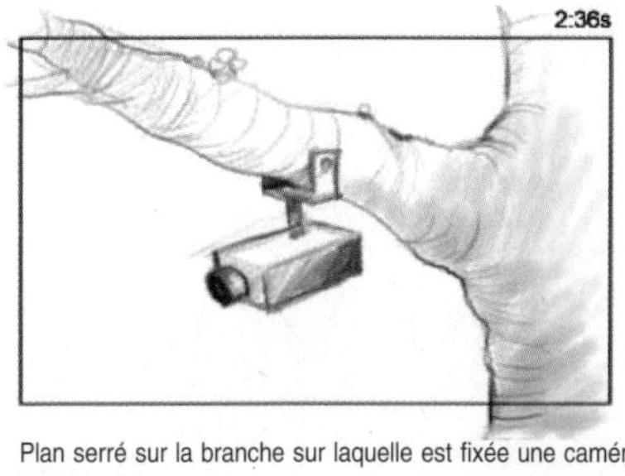

Plan serré sur la branche sur laquelle est fixée une caméra de surveillance.

Elle se stabilise auprès d'un arbre, elle est allongée dans l'herbe.

Elle s'étire, hume l'air tout en souriant. Le papillon se pose sur sa joue. Elle ouvre de grands yeux attendris.
Le papillon s'envole de nouveau.

STORY–BOARD MICKEY 3D "Respire" Planche N°5

André Bessy, Jérome Combe, Stéphane Hamache

2:58s

La caméra suit le papillon. Le soleil s'éteint. (noir total)

Une lumière artificielle se rallume, les couleurs vives de l'environnement perdent de leur éclat. On découvre que cette nature est artificielle, que tout est factice.

La jeune fille se redresse Les éléments d'un décor apparaissent(faux ciels. faux nuages etc...)

Elle quitte le décor. la mine dépitée.

Elle longe une file d'attente constituée d'enfants arborant la même expression morose.

3:40s

Elle sort du champ, le décor se remet en route, un nouvel enfant s'élance.

STORY-BOARD MICKEY 3D "Respire" Planche N°6

André Bessy, Jérome Combe, Stéphane Hamache